REBIRTH ACE 리버스 에이스

REBIRTH ACE 리버스 에이스 3

한승현 장편 소설

초판 1쇄 찍은 날 | 2016년 10월 12일
초판 1쇄 펴낸 날 | 2016년 10월 19일

지은이 | 한승현
펴낸이 | 예경원

기획 | 위시북스
편집책임 | 박우진
편집 | 이즈플러스

펴낸곳 | 예원북스
등록번호 | 제396-2012-000132호
등록일자 | 2012. 7. 25
KFN | 제1-032호

주소 | 경기도 고양시 일산동구 호수로 646-24 위너스21 II 빌딩 206A호 (우)10401
전화 | 031-819-9431 팩스 | 031-817-9432
E-mail | yewonbooks@naver.com

ISBN 979-11-5845-414-2 04810
979-11-5845-486-9 (set)

※ 이 도서의 국립중앙도서관 출판시도서목록(CIP)은 서지정보유통지원시스템 홈페이지(http://seoji.nl.go.kr)와 국가자료공동목록시스템(http://www.nl.go.kr/kolisnet)에서 이용하실 수 있습니다.

REBIRTH
ACE
리버스 에이스
WISHBOOKS MODERN FANTASY STORY
한승현 장편소설
3
비상
Wish
Books

REBIRTH ACE 리버스 에이스

CONTENTS

13장 대표팀 소집 7

14장 한일 고교야구 대항전 99

15장 봉인 해제 173

16장 할 말은 해야죠 223

17장 뜻밖의 인연 249

18장 호사다마 277

13장
대표팀 소집

1

"퀵 서비스입니다. 한정훈 씨 맞으시죠?"

"네."

"물건 확인하시고요. 여기에 서명해 주세요."

한정훈은 포장된 상자를 열었다. 그 안에는 그토록 찾던 여권이 들어 있었다.

"네, 맞네요. 고생하셨습니다."

여권을 확인한 한정훈이 안도하듯 웃었다.

세상에 이렇게 편한 방법이 있는데 잠시나마 집에 간다고 걱정했던 사실이 한심스럽게 느껴질 정도였다.

집에 들어온 한정훈은 여권을 가방 안에 잘 챙겨 넣었다. 이로써 고교야구 대항전에 참가할 모든 준비는 끝이 났다.

"후우……."

다시 한 번 필요한 게 있나 방 안을 둘러보던 한정훈의 시야로 개봉된 상자가 들어왔다.

"그러고 보니 뭐가 더 있었는데."

한정훈은 뒤늦게 상자를 살폈다. 여권이 사라진 공간 밑으로 하얀색 봉투가 두 개 들어 있었다.

"이건 보나 마나 편지일 테고."

한정훈은 가벼운 봉투를 내려놓았다. 그리고 제법 묵직한 봉투를 집어 들었다.

"느낌상 돈인데 이거?"

한정훈이 기대 어린 눈으로 봉투를 슬쩍 벌려 보았다.

아니나 다를까. 그 안에는 노란색 지폐가 제법 두둑하게 들어 있었다.

"와우, 이게 다 얼마야?"

한정훈은 냉큼 지폐를 빼서 세어 보았다.

하나, 둘, 셋, 넷.

쉴 새 없이 넘어가던 5만 원권 지폐는 서른 장째가 되어서야 멈춰 버렸다.

150만 원.

"크으, 역시 통이 크시다니까."

한정훈은 오랜만에 새어머니의 큰손을 실감했다.

그렇지 않아도 경비가 빠듯한 상황이었는데 특별 용돈 덕분에 일본에 가서도 먹고 싶은 건 실컷 먹을 수 있을 것 같았다.

"그래도 쓰셨으니 읽어봐야겠지."

한정훈이 기꺼운 마음으로 편지를 꺼냈다. 선후가 뒤바뀌었지만 상관없었다.

오히려 지금이라면 새어머니가 편지에 욕을 한 바가지 써놓았더라도 웃으며 읽을 수 있을 것 같았다.

사랑하는 정훈이에게

새어머니의 편지의 서두는 늘 똑같았다.

예전에는 이 사랑한다는 단어가 무척이나 싫었다.

가식 같고 거짓 같아서 내용을 읽기도 전에 편지를 집어던진 적도 많았다.

하지만 결혼도 하고 자식도 낳고 이혼까지 눈앞에 뒀던 삶을 살아서일까.

흘려 읽었던 사랑한다는 단어가 자꾸만 눈에 밟혔다.

편지의 내용은 특별할 게 없었다. 초반에는 한정훈에 대한 걱정과 관심이 가득 담겨 있었다.

그리고 가족들은 잘 지내고 있다는 것과 아버지와 여동생이 많이 보고 싶어 한다는 내용이 이어졌다.

'다들 잘 지내고 있나?'

한정훈은 불현듯 가족들의 얼굴이 떠올랐다.

과거로 돌아오기가 무섭게 부상을 당하고 재활을 하느라 정신없이 지낸 탓에 1년이 넘도록 집에 찾아가지 못하고 있었다. 물론 본래의 삶에서도 한정훈은 가족과 만난 적이 거의 없었다. 처음에는 새어머니가 불편했고 나중에는 아버지가 불편했다.

결혼한 후에도 마찬가지. 아내의 성화에 마지못해 결혼식에 초대한 이후로는 거의 왕래가 없었다. 그때는 그게 최선이라 여겼다. 하지만 이제 와 돌이켜 생각해 보면 참 철없는 짓이었다.

아버지는 사별 후 3년을 홀로 지내다 새어머니를 만났다.

그리고 새어머니는 지금처럼 두둑하게 용돈을 챙겨줄 만큼 참 좋은 분이었다. 새어머니가 데려온 여동생도 한정훈을 친오빠처럼 대해 주었다.

한정훈만 마음을 열었다면 모두가 행복해질 수 있는 분위기였다.

하지만 한정훈은 그러질 못했다.

돌아가신 어머니 때문에? 아니다. 그냥…… 그땐 싫었던 것 같았다.

3년간 자신에게 신경조차 쓰지 못하던 아버지가 예쁜 새어머니와 행복해하는 모습이 말이다.

그러나 이혼을 코앞에 두고 있다가 다시 과거로 돌아온 지금은 달랐다.

그땐 몰랐지만 지금은 충분히 이해할 수 있었다. 아버지가 어떤 마음으로 새어머니와 가정을 꾸렸는지를 말이다.

"사람은 누구나 자신의 인생을 살 자격이 있어."

어쩌면 과거로 돌아온 이유 중에 가족들과의 불편했던 관계를 풀어 보라는 뜻이 숨어 있을지도 몰랐다.

한정훈도 할 수만 있다면 묵은 감정을 정리하고 가족들과 잘 지내고 싶었다.

나이 먹어 마누라가 바람나고 딸자식도 외면할 때 홀로 방구석에 처박혀 와인 나발을 불어 대는 경험은 한 번으로 족했다.

하지만 아직까지는 마음만 앞설 뿐이었다. 이 시점에서 뭘 어떻게 해야 할지…… 솔직히 확신이 서질 않았다.

그때였다.

지이이잉.

핸드폰이 울리더니 새어머니의 메시지가 떠올랐다.

정훈아, 여권 잘 받았니?

네, 잘 받았어요. 그리고 용돈 감사합니다, 어머니.

한정훈은 냉큼 답장을 보냈다.

밤마다 이정우와 카톡을 주고받은 덕분에 이제는 한 손으로 문자를 치는 게 가능할 정도였다. 전화가 아니라 문자 메시지가 온 게 조금 아쉽긴 했지만 한정훈은 차라리 잘됐다 싶었다.

문자 메시지를 주고받다 보면 새어머니와 거리감도 조금씩 좁혀 나갈 수 있을 것 같았다.

하지만 기대했던 문자 대화는 거기서 끝나 버렸다. 한참을 기다려도 새어머니의 답장은 오지 않았다.

"바쁘신가?"

십여 분간 핸드폰만 내려다보던 한정훈이 이내 쓴웃음을 지었다.

하기야 지난 몇 년간 꼬였던 실타래다. 그게 일순간의 노력으로 풀릴 리는 없었다.

"조급해하지 말자. 야구도, 인생도."

서운한 마음을 가라앉히며 한정훈이 침대에 누워 스냅 볼을 던졌다.

휘루루룩.

빠르게 회전한 스냅 볼이 다시 한정훈의 손바닥 안으로 빨려 들어왔다.

2

지금까지 협회에서는 국제 대회가 있기 사흘 전쯤에 선수들을 소집해 왔다.

하지만 한일 고교야구 대항전 일정상 대표팀에 선발된 선수들의 황금사자기 참가가 불가능해진 상황이었다. 그래서 박찬오는 합숙 훈련이라는 명목하에 예정보다 일주일 앞당겨 선수들을 소집했다.

애초 소집 장소는 협회가 지정한 호텔이었다.

그곳에서 선수들에게 대회 일정에 대해 다시 한 번 설명을 한 뒤 유니폼 제작을 위한 신체 치수를 측정할 예정이었다.

그러나 소집 일정이 변경되면서 소집 장소도 바뀌었다.

박찬오가 직접 디자인한 것으로 유명한 찬오 파크.

베이스 볼 61이 소유하고 있는 선수 전용 야구장이었다.

"와우, 여기 시설 장난 아니다."

"관중석만 없다뿐이지 제대로인데?"

찬오 파크에 들어온 선수들은 하나같이 감탄을 금치 못했다.

그만큼 수십억 원의 재원을 쏟아부어 완공시킨 찬오 파크의 시설은 훌륭했다.

매번 봐왔던 목동 구장과는 느낌부터가 달랐다.

“정훈아, 저것 좀 봐. 장난 아니다.”

한정훈의 옆에 붙어 있던 이만호도 정신없이 눈을 움직였다.

하지만 정작 한정훈은 별다른 감흥을 느끼지 못했다.

과거 새로 신축된 서울 야구장과 부산 야구장의 마운드도 밟아 봤던 한정훈에게 찬오 파크는 그저 잘 지어진 연습 경기장에 지나지 않았다.

그보다는 박찬오가 찬오 파크에 선수들을 소집시킨 이유가 궁금하기만 했다.

‘아직 제대로 통성명조차 못했는데…… 설마 곧바로 연습 시합을 하거나 하는 건 아니겠지?’

한정훈이 불안한 눈으로 경기장 입구 쪽을 바라봤다.

그 순간.

끼이이익.

외야 펜스의 문이 열리더니 40인승 버스 한 대가 경기장 안으로 들어왔다.

“뭐, 뭐야?”

“저건 한성대학교 버스잖아!”

소풍이라도 온 것처럼 까불어 대던 선수들의 얼굴이 일시에 굳어졌다.

그사이 버스는 3루 더그아웃 쪽에 도착했다.

치이익.

문이 열리고 한성대학교 유니폼을 입은 선수들이 차례대로 버스에서 내렸다.

"허……."

한정훈은 순간 헛웃음이 났다. 혹시나 했는데 역시나였다. 소집 첫날부터 연습 경기가 잡힌 것이다.

상대는 대학 리그 4강 팀으로 꼽히는 서울 소재 한성대학교.

비공식적으로 한정훈에게 첫 패배를 안겨준 상대였다.

"설마 박 감독은 아직까지 안 온 건가?"

마지막으로 버스에서 내린 최경만 감독이 슬쩍 시계를 바라봤다.

약속한 경기 시간은 1시.

경기 시간까지 40분밖에 남지 않았다.

그때였다.

"아이고, 선배님. 늦어서 죄송합니다. 갑자기 협회에 호출을 받아서요."

더그아웃 안쪽에서 박찬오가 헐레벌떡 달려 나왔다.

"협회 일이라는데 어쩌겠어. 이해해야지. 그건 그렇고 오늘 경기…… 가능하긴 한 거야? 저 녀석들은 준비가 안 된 것 같은데?"

최경만 감독의 못마땅한 시선이 대표팀 선수들에게 향했다.

그래도 명색이 한국 고교야구를 대표한다는 녀석들이 엉망진창이었다.

대열은 삐뚤어지고 눈빛도 흐트러져 있었다. 저런 상태로 경기를 치를 수나 있을지 걱정이었다.

"그래서 오늘 경기를 부탁드린 겁니다. 애들이 하나가 될 수 있도록 말이지요."

박찬오가 씩 웃어 보였다.

그런 박찬오의 속내를 확인한 최경만 감독의 입가에도 묘한 웃음이 감돌았다.

"그럼 빡세게 해도 되는 거지?"

"물론입니다, 감독님."

"대신 이것 하나만 부탁하세."

"네, 무엇이든 말씀하십시오."

"동명고 10번."

"아, 정훈이 말입니까?"

"그래, 절대 선발로 내보내지 말게. 알았지?"

"……예?"

순간 박찬오의 눈이 커졌다.

한정훈을 특별히 지목하는 게 어쩌면 협회의 압력 때문일

지도 모른다는 생각이 든 것이다.

그러나 협회의 농간에 휘둘릴 만큼 최경만 감독은 담이 작은 사내가 아니었다.

"아, 별다른 뜻은 없어. 저 녀석 공을 치려면 우리 애들도 몸이 좀 풀려야 할 것 같아서 말이지."

최경만 감독이 씩 웃었다. 봉황기 최우수 투수상에 빛나는 한정훈을 준비도 없이 맞이하고 싶지는 않았다.

"그런 말씀이라면 알겠습니다. 후반에 내보내겠습니다."

박찬오도 다시 웃음을 되찾았다. 그렇지 않아도 전략적으로 한정훈을 경기 후반에 투입할 예정이었는데 서로 원하는 게 같으니 마다할 이유가 없었다.

모교인 한성대학교 선수들과 일일이 악수를 나눈 뒤 박찬오는 감독으로서 대표팀 선수들을 불러 모았다.

"늦어서 미안. 내가 누구인지는 다들 알 테니까 자기소개는 생략하도록 할게. 일단 오늘 여러분은 저기 있는 한성대학교 야구부와 연습 시합을 가질 예정이야. 그렇다고 크게 긴장할 건 없고…… 몸풀기 경기 정도로 생각해 주면 좋겠어."

박찬오가 특유의 위트 있는 말투로 사정을 설명했다. 하지만 선수들 중 누구도 그 말을 가볍게 듣지 못했다.

고교야구팀도 아니고 대학팀이다. 그것도 전국 4강으로 꼽히는 한성대학교다.

그런데 한성대학교를 상대로 몸풀기라니. 말도 안 되는 소리였다.

한성대학교에서 고교 선발팀을 상대로 몸풀기를 하겠다면 또 몰라도 말이다.

게다가 선수들도 다들 오늘 경기를 갖는 의미를 잘 알고 있었다.

선수 개개인의 실력 테스트.

더 나아가 주전 선별.

학교를 대표해 선발되긴 했지만 주전이 확정된 건 아니었다.

선발 라인업에 들 수 있는 건 투수 포함, 단 10명뿐이다.

그 명단에 뽑히려면 어떻게든 박찬오의 눈에 들어야 했다.

“큰일 났다. 나 아까 점심 엄청 먹었는데.”

“야, 난 아까부터 똥 마려워 죽겠어.”

일부 긴장한 선수들의 입에서 볼멘 목소리가 흘러나왔다. 미리 알려주었다면 연습이라도 하고 오는 건데.

오늘 경기에서 제 실력을 발휘하지 못할 것 같아 불안한 눈치였다.

그러나 한정훈을 비롯해 봉황기에서 주목을 받았던 선수들은 달랐다.

“일단 러닝부터 할까?”

“그게 좋겠다.”

한정훈와 이만호가 가방을 내려놓고 러닝을 시작하자 성진우와 이승민이 기다렸다는 듯이 따라붙었다.

뒤이어 박진우와 송근영이 합류하더니 황철민과 강동수까지 가세해 수를 늘렸다.

그렇게 너른 운동장을 한 바퀴쯤 돌았을 때 한정훈의 뒤로 열 명의 선수가 꼬리를 무는 모양새가 만들어졌다.

'녀석.'

박찬오가 흐뭇한 얼굴로 그 모습을 지켜보았다.

아직 주장 선출은커녕 제대로 된 통성명조차 하지 않았지만 한정훈이 보여준 솔선수범에 선수들이 알아서 따라와 주고 있었다.

저런 자발적인 움직임이야말로 현 고등학교 선발팀이 가져야 할 기본적인 태도였다. 시키면 하고 시키지 않으면 바라만 보는 식의 훈련으로는 국제무대에서 선전하기 어려웠다.

"너희들은 러닝 안 해도 괜찮은 거야?"

박찬오가 머뭇거리는 후발 주자들을 자극했다.

그러자 나머지 선수들이 부리나케 한정훈의 꽁무니를 쫓기 시작했다.

"고등학생들도 저렇게 열심인데 우리가 질 순 없지. 가자!"

짐을 푼 한성대학교 선수 전원도 러닝에 동참했다.

"후우."

"후읍."

그렇게 선수들이 내뿜는 열기에 찬오 파크가 조금씩 달궈지기 시작했다.

3

러닝에 이어 개별적인 스트레칭이 끝나자 박찬오가 다시 선수들을 불러 모았다.

"일단 소개부터 하겠다. 다들 알겠지만 최인섭 코치다. 대표팀의 타격 코치로 모셔왔으니 다들 인사하도록."

박찬오는 먼저 선수들에게 최인섭을 소개했다.

"반가워. 최인섭이야."

최인섭이 덩치에 어울리지 않게 부드러운 목소리로 말했다. 그러자 야수들의 표정이 대번에 밝아졌다.

박찬오가 한국 최초 메이저리그 투수라면 최인섭은 한국인 최초로 메이저리그를 밟은 타자였다.

메이저리그를 꿈꾸는 타자들에게는 동경의 대상이 될 수밖에 없었다. 하지만 야수들이 이토록 반기는 최인섭의 코치 선임이 생각만큼 수월했던 건 결코 아니었다.

박찬오는 대표 선발에 앞서 전직 메이저리거 출신인 최인섭을 타격 코치로 선임하고 싶다고 말했다.

때마침 메이저리그에서 코치 연수를 마치고 돌아온 최인섭이 순환 인스트럭터로서 자신의 재능과 경험을 유소년 선수들에게 나눠주고 싶다는 의사를 밝힌 상태였다.

당연하게도 협회 내부에서는 반대의 목소리가 높았다.

표면적인 이유는 최인섭의 코치 경력이 일천하다는 것이었지만 실제 이유는 따로 있었다.

협회 내에 박찬오를 중심으로 한 메이저리그 파벌이 형성되는 걸 두려워한 것이다.

하지만 자신을 진정으로 도와줄 우군이 필요했던 박찬오도 쉽게 양보하지 않았다.

최악의 경우 감독직에서 사임할 수도 있다는 배수진을 쳤다.

결국 평행선을 달리던 최인섭의 코치 선임 문제는 박찬오가 협회에 발전 기금을 기부한다는 조건으로 어렵사리 통과되었다.

그러나 이 사실을 조금도 알지 못하는 야수들은 최인섭을 선임해 준 협회에 감사하고 또 감사했다.

"일단 야수들은 최 코치를 따라가도록."

박찬오는 타격과 관련한 전권을 최인섭에게 일임했다.

지도자로서 경험은 부족했지만 최인섭이라면 편견 없이 선수들을 바라봐 줄 것이라고 기대했다.

남은 7명의 투수는 박찬오의 몫이었다.

최인섭과 함께 투수 코치까지 선임하려 했지만 협회와 의견이 갈리면서 투수 코치 자리는 공석으로 남겨진 상태였다.

그래서 당분간 박찬오가 투수 코치를 겸할 수밖에 없었다.

"일단 경기는 9회까지 치를 거다. 콜드 게임은 없고 선발된 투수들은 전부 경기에 출전시킬 테니까 그런 줄 알도록. 그리고 투수는 최소 아웃 카운트 하나 이상 책임져야 할 거야."

모든 투수가 경기에 출전한다는 말에 선수들의 표정이 엇갈렸다.

한정훈과 함께 최우수 투수상을 놓고 다투던 성진우와 이승민, 박진우는 불만스러운 눈치였다.

상대가 다른 이도 아닌 박찬오다 보니 감히 내색하지는 못했지만 자신들이 활약할 기회가 줄어든다는 사실이 마음에 들 리 없었다.

반면 앞선 세 명에 치어 불펜 투수로 분류되던 송근영과 윤형진, 이규환의 눈빛은 달랐다. 박찬오가 모두에게 기회를 준다는 건 선발 경쟁을 시키겠다는 의미다.

오늘 경기 결과 여부에 따라 선발 우선순위가 뒤바뀔 수도 있으니 기쁘지 않을 리 없었다.

하지만 한정훈은 이렇다 할 반응이 없었다. 아니, 애당초 반응을 할 필요가 없었다.

규칙이야 어떻든 감독의 호출을 받고 마운드에 오르면 최선을 다해 던진다는 사실만큼은 조금도 달라지지 않았으니까.

그런 한정훈의 속내를 읽기라도 한 것일까?

"참, 그리고 한 번 등판한 투수는 또다시 등판할 수 있으니까 마운드에서 내려왔다고 방심하고 있지 마라. 알았지?"

박찬오가 재미있는 규칙을 첨언했다.

한 경기 내 재등판이 가능하다.

이건 확실히 메리트가 있었다.

'재등판이 가능하다면……!'

그제야 한정훈의 눈동자에도 이채가 번졌다.

위기의 순간마다 구원 등판해 타자들과 정면 승부를 벌인다면?

크아! 상상만으로도 심장이 쫄깃해지는 기분이었다.

"일단 첫 번째 투수로 진우가 나가자. 아, 작은 진우 말고 큰 진우."

박찬오는 첫 번째 투수로 휘명고등학교 성진우를 지목했다.

이유는 간단했다. 투수 중에서 한정훈만큼이나 열심히 몸을 풀었기 때문이었다. 덕분에 잠시 들떴던 광일고등학교 박진우가 시무룩한 표정을 지었다.

성진우보다 키가 작다는 이유 하나로 작은 진우로 불리는 것도 서러운데 등판 순서마저 밀려 버렸으니 박찬오가 야속하기만 했다.

하지만 박진우의 차례는 생각보다 훨씬 빨리 찾아왔다. 선발 등판한 성진우가 1회부터 위기를 맞은 탓이었다.

성진우의 투구는 초반부터 꼬였다. 한성대학교 선두 타자를 볼넷으로 내보낸 게 화근이었다.

그것도 투 스트라이크를 먼저 잡아놓고 쓸데없이 유인구 승부를 이어가다가 8구째 볼넷을 허용했다.

삼진을 잡아 박찬오에게 어필하겠다는 욕심이 만든 결과물이었다.

이어지는 2번 타자와의 승부도 성급했다.

1루 주자를 묶어두겠다고 3구 연속 패스트볼을 던지다 1, 2루 간을 꿰뚫는 안타를 허용했다.

정신이 바짝 든 성진우는 3번 타자를 11구 승부 끝에 외야 플라이로 잡아내며 한숨 돌렸다.

하지만 그것도 잠시. 투 스트라이크 투 볼에서 6구를 몸 쪽에 바짝 붙이려다가 4번 타자를 맞춰 버리고 말았다.

1사 만루.

1회 초인 걸 감안하면 한 번 더 투수를 믿어볼 만도 했지만 박찬오는 과감하게 성진우를 내리고 박진우를 올렸다.

성진우의 투구 수가 1회에만 28구에 달했기 때문이다.

그러나 성진우를 구원 등판한 박진우도 신통치 않았다.

5번 타자에게 외야플라이를 허용해 선취점을 내준 데 이어 6번 타자에게 좌익수 뒤 싹쓸이 3루타를 맞고 두 점을 더 내줬다.

다행히 7번 타자를 투수 앞 땅볼로 잡아 이닝을 마무리 지었지만 경기 초반부터 점수는 3 대 0까지 벌어지고 말았다.

"다음 이닝은 승민이가 던져 보자."

1회 말 공격을 득점 없이 끝낸 뒤 박찬오는 투수를 다시 중흥고등학교 우완 이승민으로 교체했다.

이승민은 최고 155㎞/h의 빠른 패스트볼을 앞세워 8번 타자와 9번 타자를 범타로 처리했다.

그리고 성진우를 괴롭혔던 1번 타자를 삼진으로 돌려세우며 이닝을 끝마쳤다.

"아자, 아자!"

성진우와의 선발 경쟁에서 이겼다고 생각한 이승민은 신이 났다.

그러나 3회 초 연속으로 3안타를 허용하면서 자신감 넘치던 모습은 온데간데없이 사라져 버렸다.

4 대 0.

무사 1, 3루 상황에서 박찬오가 선택한 건 승지고등학교 3학년 이규환.

사이드암 이규환은 특유의 싱커로 5번 타자와 6번 타자를 각기 내야 플라이와 병살로 처리하는 기염을 토해냈다.

그리고 3회 말 공격에서 대표팀은 휘명고등학교 강동수의 선두 타자 2루타를 놓치지 않고 홈으로 불러들였다.

점수는 4 대 1.

리드는 다시 석 점 차로 좁혀졌다.

"근영아, 준비해라."

박찬오는 이규환을 내리고 해운고등학교 좌완투수 송근영을 올렸다.

그러나 오늘따라 제구가 불안한 송근영은 아웃 카운트 하나 없이 볼넷만 2개를 내주고 마운드에서 내려와야 했다.

뒤이어 등장한 충일고등학교 좌완 윤형진도 마찬가지.

몸에 맞는 볼 하나에 볼넷 하나를 내주며 밀어내기 실점까지 허용하고 말았다.

"흠……."

땀을 삐질삐질 흘리는 윤형진을 바라보며 박찬오가 나직이 신음했다.

협회가 선발한 6명의 투수를 전부 투입했는데도 고작 4이닝을 버티지 못하고 있었다.

박찬오는 고개를 돌려 성진우 쪽을 바라봤다. 순서대로라면 성진우를 구원 등판시킬 차례였다.

하지만 성진우는 슬며시 박찬오의 시선을 피했다.

무사 만루.

투수라면 누구든 피하고 싶은 이 위기 상황에 또다시 등판할 용기가 나지 않은 것이다.

그건 다른 투수들도 마찬가지였다.

타석에 들어선 2번 타자를 어찌 막아낸다 하더라도 장타력 좋은 중심 타순과의 승부는 확실히 부담스러웠다.

만약 실투라도 나와 큰 거 한 방 얻어맞는다면……!

최악의 경우 일본행 비행기는 타 보지도 못하고 짐을 싸서 돌아가는 일이 생길지도 몰랐다.

'후우, 조금 더 나중에 등판시키려 했는데…….'

박찬오는 어쩔 수 없이 최후의 카드를 꺼내 들었다.

남은 투수는 단 한 명, 한정훈.

"알겠습니다."

가볍게 몸을 풀던 한정훈도 기다렸다는 듯이 마운드 위에 올라갔다.

한정훈이 등판하면서 포수도 박기완에서 이만호로 교체되었다.

박기완이 상당히 기분 나쁜 표정을 지었지만 어쩔 수 없었다. 처음 본 포수가 포구를 해낼 만큼 한정훈의 공은 만만치가 않았다.

"왜 이렇게 늦게 나왔어~"

이만호가 어울리지 않게 투정을 부렸다.

정주고등학교 박기완은 고교 포수 랭킹 1위로 유명했다.

화끈한 공격력에 탄탄한 수비를 갖춰 전천후 포수로 불렸다.

벌써부터 프로 1차에 지명될 거란 소문이 파다한 상황이었다.

그런 박기완을 타격이 약한 이만호가 실력으로 제치기란 요원한 일이었다.

그래서 이만호는 내심 한정훈이 등판하기만을 목이 빠져라 기다리고 있었다.

하지만 한정훈은 이만호와 한가하게 노닥거리기 위해 마운드에 오른 게 아니었다.

"너, 내 전담 포수나 하려고 여기까지 따라온 거야?"

"……!"

"정신 똑바로 차려. 위기 상황이야. 여기서 추가 실점하면 절대 못 이겨."

한정훈이 싸늘한 목소리로 말했다.

그러자 이만호의 표정도 달라졌다. 장난기가 쏙 빠지고 대신 진지함이 떠올랐다.

"리드는 어떻게 해? 내가 해?"

이만호가 한정훈의 의견을 물었다.

다른 때 같았다면 자신이 하겠다고 졸랐겠지만 상대는 한성대학교이다.

한창 기세가 오른 대학교 타자들을 상대로 고교야구에서나 통할 법한 리드를 가져가서는 분위기를 반전시키기 어려울 것 같았다.

그러나 한정훈은 이번에도 짧게 대답했다.

"일단은 네가 내."

포수로서 임무를 무작정 떠넘기지 마.

애써 삼킨 말이 한정훈의 표정을 통해 이만호에게 전해졌다.

"그래, 알았어. 최선을 다할게."

이만호는 다시 한 번 마음을 다잡았다.

조금 서운하긴 해도 한정훈의 생각이 옳았다.

제 몫을 하지 못하는 선수라면 대표팀에 남아 있을 이유가 조금도 없었다.

포수석으로 돌아온 이만호가 타자를 힐끔 바라봤다.

앞선 타석에서 두 개의 안타를 때려내서일까. 좌타석에 들어선 타자의 눈빛이 매섭게 빛나고 있었다.

'지난봄에도 느꼈지만 이 타자는 컨택 능력이 좋아. 그렇다면 땅볼보다는 정면승부로 가자.'

고민하던 이만호가 몸 쪽 높은 코스의 패스트볼을 주문했다.

일단은 힘으로 찍어 누르자.

그 의도를 확인한 한정훈이 가볍게 고개를 끄덕거렸다.

"후우……."

눈으로 3루 주자를 견제하며 한정훈은 힘차게 왼다리를 들어 올렸다.

그리고 전력을 다해 포수 미트를 향해 공을 던졌다.

후아아앙!

요란한 파공성을 울리며 날아간 공이 정확하게 타자의 몸 쪽으로 솟구쳤다.

"윽!"

방망이를 휘두르려던 타자가 움찔 놀라며 뒤로 물러섰다.

그러나 공은 스트라이크존을 지나 이만호의 미트 속으로 정확하게 빨려 들어갔다.

"스트라이크!"

"이게요?"

타자가 말도 안 된다는 눈으로 고개를 돌렸다. 그러나 심판은 눈 하나 까딱하지 않았다.

타자가 얼굴로 날아들 것처럼 느낀 공은 정확하게 스트라이크존 가장 높은 코스를 파고들었다.

지금까지 자신이 수도 없이 스트라이크 콜을 외쳤던, 스트라이크존의 상한선을 말이다.

"아오, 저 녀석. 나한테만 왜 저래?"

타자는 이내 입술을 깨물었다.

지난봄에도 삼진을 먹어서 단단히 벼르고 있었는데 자칫

잘못했다간 또다시 삼진을 당하게 될 것 같았다.

'안 되겠다.'

타석에 들어선 타자가 방망이를 조금 더 짧게 움켜쥐었다.

기존의 스윙으로는 한정훈의 패스트볼을 제대로 공략하기 어려울 것 같았다.

그러자 이만호가 기다렸다는 듯이 체인지업 사인을 냈다.

코스는 바깥쪽 낮은 쪽.

타자가 속아준다면 헛스윙하기 딱 좋은 위치였다.

"후……."

가볍게 고개를 끄덕인 뒤 한정훈은 3루 쪽으로 로진 가루를 불어냈다.

리드 폭을 벌리려던 3루 주자가 냉큼 3루에 발을 붙였다.

상대가 능구렁이 같은 한정훈이다 보니 사소한 행동에도 신경이 쓰이는 모양이었다.

'칫.'

한정훈은 쓴웃음을 지었다.

주자가 방심하고 한 걸음만 더 리드를 벌렸으면 좋았으련만.

자신의 의도를 본능적으로 알아챈 3루 주자가 조금은 얄미워졌다.

만약 3루 주자가 고교야구 선수였다면 아무 생각 없이 발을 움직이다 견제사를 당했을 것이다.

그러나 대학야구 선수들은 확실히 달랐다.

선수 개개인의 수준은 말할 것도 없고 작전 수행 능력이나 상황 판단 능력도 고교야구 선수들에 비해 한 수, 아니, 두 수 정도는 높아 보였다.

그런 대학야구 선수들을 상대하기 위해서는 한정훈도 모든 가능성을 염두에 두고 대비할 수밖에 없었다.

'3루 주자는 묶었고 만약에 번트가 나온다면…….'

한정훈이 슬쩍 3루수의 위치를 체크했다.

더그아웃에서 특별히 사인이 나오지 않은 탓에 3루수는 평소보다 조금 뒤쪽에서 수비하고 있었다.

6 대 1까지 벌어진 만큼 점수를 주지 않겠다고 무리하기보다는 정석적인 플레이로 아웃 카운트를 늘리겠다는 판단을 한 것이다.

확실히 나쁘지 않은 생각이었다.

배트 컨트롤이 좋은 2번 타자가 3루 쪽으로 번트를 대지 않는다는 가정하에 말이다.

'결국 내가 움직여야겠군.'

결정을 내린 한정훈이 다시 힘차게 공을 던졌다.

그리고 손에서 공이 빠져나가기가 무섭게 3루수 앞 공간으로 움직였다.

'패스트볼!'

2번 타자는 패스트볼 타이밍에 방망이를 휘둘렀다.

그러나 마지막 순간 뚝 떨어진 공은 바운드되어 포수의 미트 속으로 숨어들었다.

"젠장!"

체인지업에 완벽하게 당한 타자가 악을 내질렀다.

그러느라 한정훈의 움직임을 제대로 확인하지도 못했다.

하지만 한성대학교 더그아웃은 달랐다.

"헛친 게 천만다행이네."

최경만 감독이 가슴을 쓸어내렸다.

만에 하나라도 타구가 빗맞아 한정훈 쪽으로 흘러갔다면 더블플레이로도 모자라 트리플 플레이가 나왔을지도 몰랐다.

"저 녀석 정말 고등학교 2학년 맞습니까?"

조태식 코치가 황당함을 감추지 못했다.

지금까지 마운드에 올라왔던 투수는 고등학교 3학년.

한정훈은 그들보다 한 살 어린 2학년 투수였다.

그런데 정작 하는 짓은 한정훈이 훨씬 노련했다.

투구마다 주자를 묶고 타자의 타이밍을 빼앗아 가며 공을 던졌다.

그것만으로도 탄성이 나올 정도인데 공을 던진 이후에는 아홉 번째 야수가 되어 빈 곳을 찾아 움직이기까지 했다.

저 마운드 위에 프로가 코앞인 대학교 4학년 투수를 데려다 놔도 한정훈만큼 하지는 못할 것 같았다.

물론 야구를 볼지 모르는 이들의 눈에는 혼자서 고군분투하는 한정훈이 쓸데없이 부산해 보일 수도 있었다.

하지만 그건 어디까지나 고교 선발팀의 조직력이 완벽하지 않은 탓이었다.

“저 녀석이 한성대에 들어온다면 4년간은 걱정 없을 텐데 말이야.”

최경만 감독은 한정훈이 욕심났다.

지금도 충분히 훌륭했지만 조금만 다듬으면 대학 리그 최고의 투수가 될 것 같았다.

그것도 3, 4학년 때가 아니라 1학년 루키 시즌부터 말이다.

하지만 한정훈이 프로를 마다하고 대학교에 진학할 것 같진 않았다.

혹시나 싶어 고등학교 성적을 확인해 봤지만…… 학력에 특별히 미련을 가질 타입도 아니었다.

어쨌든 이대로 한정훈에게 주도권을 빼앗길 수는 없는 노릇이었다.

야구는 흐름의 스포츠다. 6 대 1로 이기고 있다고 해서 방심했다가 언제 무슨 일이 벌어질지 몰랐다.

무엇보다 점수란 뽑을 수 있을 때 뽑는 게 최고였다.

“조 코치, 작전 걸어.”

"스퀴즈로 갈까요?"

"배짱 좋네. 투 스트라이크인데 자신 있다 이거지?"

"아닙니다. 그럼…… 히트 앤드 런으로 가겠습니다."

최경만 감독을 대신해 조태식 코치가 더그아웃 앞쪽으로 나와 사인을 냈다.

그리고 그 사인이 다시 루상의 선수들에게 전해졌다.

히트 앤 런. 치고 달리기.

타자가 배트에 공을 맞추면 주자는 무조건 다음 루로 내달려야 했다.

비록 투 스트라이크를 먹긴 했지만 타자는 맞추는 데 재주가 있는 좌타자다. 테이블 세터인 만큼 발도 빨랐다.

3루 주자를 움직여 한정훈에게 빠른 공을 던지게 압박한다면 안타까진 몰라도 삼진을 당할 확률은 대폭 낮출 수 있었다.

그러나 한정훈도 바보는 아니었다. 한성대학교 벤치에서 작전이 나올 거라는 건 충분히 예상하고 있었다.

'스퀴즈? 히트 앤드 런? 뭐 어느 쪽이든 상관은 없지.'

천천히 숨을 고르며 한정훈은 일단 3루 주자와 눈을 맞췄다.

3루 주자는 포수치고 날씬한 체형이었다.

그러나 대부분의 포수가 그렇듯 주루 플레이에 능할 것 같지는 않았다.

이런 타입의 주자가 작전 수행을 하기 위해서는 과감해질 필요가 있었다.

아니나 다를까.

한 발, 또 한 발, 다시 한 발.

한정훈이 보는 앞에서 주자가 겁도 없이 리드 폭을 넓혔다.

그리고 주자가 다시 한 번 리드하려던 순간.

"어딜!"

한정훈은 지체하지 않고 투수판에서 발을 떼며 견제 동작에 들어갔다.

"큭!"

주자가 재빨리 3루로 몸을 날렸다. 순간 콰당 하며 몸을 뻗은 주자의 손끝이 가까스로 3루 베이스 끝에 닿았다.

그러나 한정훈은 견제구를 던지지 못했다. 3루수가 한정훈의 움직임을 제대로 포착하지 못한 것이다.

"후우…… 죽을 뻔했네."

주자는 순간 가슴이 철렁했다. 견제구 여부를 떠나 귀루가 조금만 늦었더라도 아웃 당할 수 있는 타이밍이었다.

하지만 야속하게도 벤치의 사인은 달라지지 않았다.

"미치겠네."

살짝 미간을 찌푸리던 주자가 재차 리드 폭을 벌렸다.

한 걸음, 두 걸음.

히트 앤드 런 사인이 나온 만큼 최대한 리드 폭을 가져가야 했다.

어정쩡하게 리드했다가 야수 정면으로 가는 타구가 나오면 슬라이딩도 해보지 못하고 홈에서 포스 아웃 당하고 말 터였다.

하지만 거기까지였다. 한정훈의 눈빛을 보고 있자니 도저히 발이 떨어지지 않았다.

'한 발 더 가야 하는데…….'

한참 동안 뜸을 들이던 주자가 이내 고개를 흔들고는 3루 베이스에 붙어 섰다.

그 모습을 지켜보던 최경만 감독의 입에서 허탈한 웃음이 흘러나왔다.

"저 녀석은 저런 견제를 또 어디서 배운 거야??"

좌투수에게는 1루 견제가 편하듯 우투수에게는 3루 견제가 수월하긴 했다.

3루 주자의 움직임을 눈으로 확인하면서 투구 타이밍을 조절할 수 있기 때문이었다.

그러나 그건 어디까지나 일정 수준 이상의 피칭을 하는 투수들에게나 해당하는 이야기다.

경험이 부족한 투수들의 경우 주자가 3루에 있는 것만으로도 심장이 두근거릴 수밖에 없었다.

그런데 한정훈은 너무나도 능숙하게 주자를 묶었다. 마치 베테랑 프로 선수라도 되는 것처럼 말이다.

게다가 한정훈은 견제의 진정한 의미도 알고 있는 것 같았다.

견제의 목적은 무리하게 견제구를 던져서 주자를 잡아내는 게 아니었다.

그보다는 주자의 움직임을 사전에 봉쇄하며 심리전, 전술적인 우위를 점하는 것이었다.

어리지만 한정훈은 그 묘미를 알고 있었다.

덕분에 3루 주자를 움직여 압박한다는 작전은 더 이상 쓸모가 없어졌다.

"일단…… 작전 취소해."

"네, 알겠습니다."

최경만 감독의 지시를 받은 코치가 작전을 변경했다. 그 사인을 확인한 3루 주자의 표정이 그제야 밝아졌다.

'그럼 다시 타자를 요리해 볼까?'

한정훈의 시선이 다시 타자 쪽으로 향했다. 동시에 여유롭던 타자의 얼굴에 긴장감이 번졌다.

주자 때문에 잠시 시간을 끌긴 했지만 승부는 여전히 투수에게 절대적으로 유리한 상황이었다.

볼카운트는 투 스트라이크 노 볼.

타자의 입장에서는 스트라이크로 의심되는 모든 공을 걸러낼 수밖에 없었다.

잠시 고심하던 이만호는 몸 쪽 낮은 코스로 떨어지는 체인지업을 요구했다.

보여주기 식으로 하나를 버리고 결정구로 포심 패스트볼을 가져가자는 소리였다.

하지만 한정훈은 가볍게 고개를 흔들었다.

타자가 2구째 체인지업에 꼼짝없이 당한 건 초구를 몸 쪽 높게 붙여 넣었기 때문이다.

그때의 잔상이 남은 타자가 타석에서 멀리 떨어졌고 바깥쪽 코스에 제대로 대응하지 못한 것이다.

여기서 또다시 체인지업을 던지면 타자는 커트해 내거나 골라낼 가능성이 컸다.

대학야구 선수들과 고교야구 선수들의 가장 큰 차이가 다름 아닌 선구 능력이기 때문이다.

대학야구 선수들은 고교야구 선수들에 비해 적게는 1년, 많게는 4년 이상 경험을 쌓았다.

그 시간만큼 타자는 더 많은 투수를 상대하고 더 많은 구질의 공을 겪었다.

당연히 구종을 판단하는 능력도 몇 수 위일 수밖에 없었다.

'그럼 이건?'

이만호가 두 번째 사인을 냈다.

가랑이 사이로 펼친 손가락은 세 개. 너클 커브였다.

'안 돼.'

한정훈은 이번에도 고개를 흔들었다.

너클 커브는 써드 피치다. 포심 패스트볼과 체인지업으로 투구 패턴이 단순해질 때 가끔씩 그 흐름을 깨는 용도로 구사하는 것이었다.

지금처럼 무사 주자 만루 상황에서 갖다 맞추는 재주가 있는 타자에게 던졌다간 추가점을 헌납하게 될 것이다.

'그렇다면 이건 어때?'

이만호가 재차 사인을 냈다.

구종은 포심 패스트볼. 코스는 다시 몸 쪽 높은 공.

타자가 홈 플레이트 쪽으로 조금 더 붙어 섰다는 걸 뒤늦게 알아챈 것이다.

'그 공이라면.'

한정훈이 천천히 고개를 끄덕였다.

초구 때 움찔 놀란 타자의 반응으로 봐서는 3구에 다시 던진다 하더라도 제대로 대처해 내지 못할 것 같았다.

후아앗!

한정훈의 손끝을 떠난 포심 패스트볼이 한복판을 지나 타자의 몸 쪽으로 붙어 들어갔다.

"윽!"

타자가 또다시 움찔 놀라며 뒷걸음질을 쳤다. 그러나 공은 그대로 스트라이크존을 꿰뚫었다.

"스트라이크, 아웃!"

무사 만루의 위기에서 공 세 개로 2번 타자를 요리하자 고교 선발팀 더그아웃에서 탄성이 터져 나왔다.

"와……!"

"장난 아니다!"

윤형진과 이규환은 벌어진 입을 다물지 못했다.

한정훈이 2학년 치고 제법이라는 이야기는 들었지만 무사 만루에서 3구 삼진을 빼앗을 것이라고는 기대조차 하지 않은 모양이었다.

3선발 자리를 두고 경쟁하던 박진우와 송근영도 마찬가지였다.

괴물이라 불리던 안성민과 비교될 때만 하더라도 속으로 코웃음을 쳤는데 지금 보니 괜히 봉황기 최우수 투수상을 받은 게 아닌 것 같았다.

반면 성진우와 이승민은 애써 감정을 감췄다.

"뭐…… 좀 던지네."

"대표팀에 뽑혔으면 저 정도는 해야지."

한정훈이 기대 이상의 투구를 보여주었긴 하지만 고작 한 타자를 잡아냈을 뿐이다. 여전히 1사 만루의 위기 상황이고 한성대학교 타순은 클린업으로 이어지고 있었다.

자신들을 괴롭힌 한성대학교 중심 타자들이 한정훈이라고 내버려 둘 리가 없었다. 그러나 정작 한성대학교의 3번 타자와 4번 타자는 나란히 내야 플라이로 물러났다.

한정훈이 작심하고 던진 라이징 패스트볼을 제대로 공략해 내지 못한 결과였다.

"와우, 저 녀석이 형이 말하던 그 녀석이에요?"

무사 만루 위기를 잠재운 한정훈을 바라보며 최인섭이 감탄을 금치 못했다.

지금껏 적잖은 한국의 유망주들을 봐 왔지만 한정훈처럼 화끈한 투수는 처음이었다.

"어때? 너라면 칠 만하겠냐?"

박찬오가 최인섭을 바라보며 물었다. 한국인 야수 최초 메이저리거로서 최인섭의 냉정한 평가가 궁금해진 것이다.

그러자 최인섭이 보란 듯이 손사래를 쳤다.

"형, 저 은퇴했어요."

"얼마 안 됐잖아?"

"방망이 놓은 지 꽤 되죠."

"에이, 그래도 전직 메이저리거인데."

"그러는 형은 저 녀석처럼 던질 수 있어요?"

"난 너보다 훨씬 더 오래전에 은퇴했다."

"그리고 형은 저보다 훨씬 더 대단한 전직 메이저리거였죠."

"그래서, 자신 없다고?"

박찬오가 최인섭의 자존심을 간질였다.

"뭐…… 한 열 타석 승부하면 네 번은 치겠네요."

대충 얼버무리면서도 최인섭은 은연중에 자신감을 드러냈다.

10타수 4안타면 4할이다. 4할은 타자에게 있어 마의 영역이라 불릴 만큼 쉽지 않은 기록이었다.

"오~ 우리 인섭이, 아직 안 죽었나 보네?"

박찬오가 의외라는 눈으로 최인섭을 바라봤다. 그러자 최인섭이 당연하다는 듯이 웃었다.

"저 녀석 투구가 단조롭잖아요."

최인섭이 지켜본 한정훈의 투구는 투 피치였다.

최고 155㎞/h에 달하는 포심 패스트볼과 최고 130㎞/h 중반의 체인지업.

한성대학교의 세 타자를 이 두 가지 구종으로 요리해 버렸다.

여기에 한성대학교 3번과 4번 타자를 상대할 때 보여주었던 라이징 패스트볼까지 구종에 추가시킬 수는 있었다.

하지만 라이징 패스트볼이라고 해도 포심 패스트볼의 변

형인 만큼 새로운 공략법이 필요한 건 아니었다.

패스트볼의 히팅 포인트를 최대한 앞쪽으로 끌고 간다면 일반적인 포심 패스트볼과 라이징 패스트볼을 함께 대처하는 게 가능할 것 같았다.

그렇게 패스트볼류와 체인지업을 구분하고 두 구종 중 하나를 노려 친다면 열 타석 중에 네 개 정도는 충분히 안타로 만들 수 있을 것 같았다.

박찬오도 최인섭의 자신감이 과도하다고 생각하진 않았다.

은퇴한 지 1년이 지났지만 최인섭이 자랑하던 노련하면서도 정교한 타격 능력까지 전부 사라진 건 아닐 터였다.

게다가 최인섭은 팔이 길고 힘이 좋았다. 팔이 긴 만큼 낮게 떨어지는 공을 잘 공략해 냈다.

힘이 좋아서 스위트 스폿에 맞지 않는 공도 종종 담장을 넘겨 버렸다.

다만 한정훈을 전형적인 투 피치 투수라고 단정 짓는 건 곤란했다.

"저 녀석 커브도 던질 줄 알아."

"커브? 어떤 커브요?"

"너클 커브."

"와우, 그 어려운 걸? 누구한테 배웠대요?"

"재훈이 녀석이 가르쳤지."

"하지만 너클 커브는 자주 못 던지잖아요. 그보다는 차라리 슬라이더나 커터를 익히는 게 더 효과적이지 않나요?"

"아직 고등학교 2학년이잖아. 재활 끝내고 투구 폼을 바꾼지도 얼마 되지 않았어."

"그래도 고등학교 때 미리미리 익혀두면 좋잖아요?"

"그렇긴 해도 당장 필요성을 못 느끼겠지."

박찬오는 일단 말을 아꼈다. 최인섭의 말에는 상당 부분 공감이 갔다.

하지만 이미 세 개의 구종만으로 봉황기 최우수 투수에 오른 한정훈에게 추가 구종을 장착하라고 부추기는 것도 욕심 같았다.

그러자 최인섭이 재미난 소리를 했다.

"그럼 이참에 형이 던지던 거 가르쳐 봐요."

"……?"

"왜 형도 예전에 슬러브 던졌잖아요."

"슬러브를?"

박찬오는 피식 웃음이 났다.

커브가 슬라이더처럼 빠르고 횡적인 무브먼트가 있다고 해서 슬러브라 불리긴 했지만 그만큼 컨트롤하기 까다로운 구종이었다.

무턱대고 던졌다간 타자 앞에서 밋밋하게 꺾여 장타를 허용하기 십상이었다.

게다가 요즘 유행하는 공도 아니었다.

횡으로 변하는 공이 필요하다면 슬라이더를 익히는 게 좋겠지만 한정훈의 공격적이고 영리한 투구 스타일을 감안했을 때는 투심 패스트볼이나 컷 패스트볼을 장착하는 편이 더 나을 것 같았다.

다만 박찬오도 기회가 된다면 한정훈에게 커브는 가르쳐 주고 싶었다.

한정훈이 일반 커브가 아닌 너클 커브를 던지는 이유를 서재훈에게 전해 들었기 때문이다.

그 녀석이 던졌던 커브는 커브라기보다는 전형적인 아리랑 볼 같은 거였어. 회전도 밋밋하고 구속도 느리고. 왜 있잖아. 패스트볼 쪽은 잘 던지는데 인위적인 공은 잘 못 던지는 스타일.

서재훈이 한정훈에게 가르쳐 준 너클 커브는 너클 볼을 던지듯 손가락을 구부린 뒤 패스트볼처럼 찍어서 던지는 방식이었다.

패스트볼 하나는 기가 막히게 던지는 한정훈이 어렵지 않게 익숙해질 수 있는 그런 스타일이었다.

반면 일반적인 커브는 릴리스 순간 손목을 활용하는 경우가 대부분이었다. 어쩌면 그 손목 활용에 있어서 한정훈이 아직까지 감을 잡지 못하고 있는 것인지도 몰랐다.

커브는 포심 패스트볼과 함께 기초적으로 익혀야 할 공으로 알려져 있다. 그러나 실제 프로 선수들 중에서도 커브를 제대로 구사할 수 있는 선수는 손에 꼽힐 정도였다.

그보다는 커브에 자신이 없어서 거의 던지지 않는 투수들이 더 많았다.

서재훈도 한정훈이 커브를 못 던지는 게 아니라 안 던지는 것이라고 말했다.

포심 패스트볼의 짝으로 활용 가치가 떨어지니 일시적으로 커브를 폐기시킨 것이다.

그래서 박찬오는 이번 기회에 자신의 경험을 한정훈에게 전해 주고 싶었다. 다행히 그는 커브를 던지는 다양한 요령을 알고 있었다.

슬러브라는 것도 커브를 조금 더 빨리, 위력적으로 던지려는 시도 속에서 만들어진 변형 구종이었다.

그렇다고 한정훈에게만 따로 커브를 가르칠 수는 없는 노릇이었다.

가뜩이나 한정훈을 특별 선발하면서 협회 내부의 말이 많은 상태였다.

거기에 굳이 구설수를 보태고 싶진 않았다.

'그렇다면 결국 다 함께 가르쳐야 한다는 건데…….'

잠시 고심하던 박찬오가 이내 입가를 비틀어 올렸다.

아이들의 열정을 이용하는 게 미안하긴 했지만 그 방법이라면 한정훈에게 커브를 가르치는 것도 어렵지 않을 것 같았다.

4

5회 초 한성대학교 공격을 맞아 박찬오는 1회에 고전했던 성진우를 올렸다.

성진우는 선두 타자로 나선 한성대학교 5번 타자에게 2루타를 허용했다.

그리고 정신을 차릴 틈도 없이 6번 타자를 스트레이트 볼넷으로 출루시켰다.

1회처럼 흔들리는 모습이 역력했지만 박찬오는 다시 한 번 성진우에게 기회를 주었다.

그 기대에 보답이라도 하듯 성진우는 7, 8, 9번을 침착하게 범타로 처리하며 처음으로 제 몫을 해냈다.

"진우야, 나이스 피칭이다."

박찬오가 더그아웃으로 돌아오는 성진우와 손뼉을 마주치며 말했다.

"가, 감사합니다. 감독님."

애써 뿌듯함을 억누르고 있던 성진우가 언제 그랬냐는 것처럼 환하게 웃어 보였다.

다른 사람도 아니고 박찬오가 한 칭찬이다 보니 봉황기에서 완봉승 한 것보다 더 기분이 좋았다.

“특히 커브가 상당히 좋더라. 그거 누구한테 배운 거니?”

박찬오가 자연스럽게 커브를 언급했다.

실제 성진우는 패스트볼을 중심으로 커브와 체인지업, 슬라이더 등 네 개의 구종을 구사하고 있었다.

그중에서 성진우가 가장 자신 있어 하는 건 슬라이더였다. 그다음이 체인지업. 커브는 간간히 던지고 있지만 솔직히 결정구로 쓸 만큼 자신감은 없는 상태였다.

그런데 박찬오는 그 커브가 좋다고 말하고 있었다.

메이저리그 시절 명품 커브로 수많은 강타자를 삼진으로 돌려세웠던 그 박찬오가 말이다.

“중학교 때…… 코치님께 배운 건데요.”

“그래? 잘 배웠네.”

“정말요?”

“그럼. 약간 다듬을 점이 보이긴 하지만 그거야 시간이 지나면 차차 알게 될 테니까. 네 나이에 그 정도면 커브, 잘 던지는 거야.”

박찬오가 웃으며 성진우를 독려했다.

그러나 성진우의 머릿속은 박찬오가 말한 약간 다듬을 점이라는 말이 떠나질 않았다.

"그, 그럼 감독님께서 좀 가르쳐 주시면 안 돼요?"

"내가?"

"네, 감독님 커브 엄청 잘 던지시잖아요."

"하하. 그거야 옛날이야기지. 그리고 커브를 가르쳐 주셨다는 그 중학교 코치님께도 예의가 아니고."

"그럼 조금만 봐 주세요. 네? 그건 괜찮잖아요~"

박찬오에게 뭔가 배울 수 있다는 기대감에 성진우가 어린아이처럼 졸라대기 시작했다.

"하하. 알았다, 알았어. 대신 조금만이다."

박찬오가 마지못해 승낙해 주는 것처럼 굴었다. 그러자 이승민과 박진우가 기다렸다는 듯이 박찬오 옆으로 다가왔다.

"감독님, 저도 좀 봐 주시면 안 돼요?"

"저도요. 저도 감독님처럼 커브 잘 던지고 싶어요."

이승민과 박진우뿐만이 아니었다.

말은 하지 않았지만 송근영과 윤형진, 이규환도 뜨거운 눈으로 박찬오를 바라보고 있었다.

"아이고, 이거 내가 괜한 말을 꺼냈네."

박찬오는 순간 터져 나오려는 웃음을 억지로 참아냈다.

적당히 언질을 주면 미끼를 물 줄 알았지만 이렇게 우르르 달려드니 살짝 미안한 마음까지 들었다.

그러면서도 박찬오의 시선은 한정훈에게 향해 있었다.

이렇게까지 했는데 한정훈이 관심을 보이지 않으면 그야말로 큰일이었다. 그러나 다행히도 한정훈의 눈빛 또한 커브를 배우겠다는 열의에 가득 차 있었다.

"좋다. 그럼 원하는 사람은 커브를 조금씩 봐 줄 테니까 일단은 경기에 집중하자. 알았지?"

박찬오가 선수들을 살살 구슬렸다.

커브를 가르치는 것도 좋지만 그보다는 일단 경기를 잘 마무리 짓는 게 먼저였다.

5회 말 공격에서 야수들이 두 점을 더 뽑아주면서 점수는 6 대 3으로 변했다. 그러나 6회 초 등판했던 박진우가 1사 이후 투런 홈런을 허용하면서 점수 차는 다시 원래대로 돌아갔다.

넋이 나간 박진우를 대신해 마운드에 오른 건 이규환이었다. 그러나 앞선 등판에서 잘 던졌던 이규환이 이번에는 불을 질렀다.

몸 쪽 승부를 하다 4번 타자를 사사구로 맞추고 5번 타자에게 안타를, 6번 타자에게 볼넷을 허용한 것이다.

1사 만루의 위기 상황. 여기서 박찬오가 선택할 수 있는 카드는 한 장뿐이었다.

"정훈아, 불 좀 꺼 다오."

박찬오의 시선이 한정훈에게 향했다.

"네, 알겠습니다."

가볍게 몸을 풀고 이온 음료를 마시던 한정훈이 냉큼 자리에서 일어났다.

"정훈아, 이거 냉장고에 넣어 놓을까?"

성격 좋은 송근영이 한정훈의 음료를 챙겼다. 그러자 한정훈이 대수롭지 않은 얼굴로 말했다.

"아니요. 거기 놔두세요."

"응? 이거 금방 미지근해질 텐데?"

"괜찮아요. 금방 올 거예요."

한정훈은 당당하게 마운드 위에 올랐다.

그리고 금방 돌아오겠다는 말처럼 단 6개의 공으로 이닝을 끝마쳤다.

3구 삼진, 그리고 또 3구 삼진.

버리는 공 하나 없이 6개의 공을 스트라이크 코스에 꽂아 넣었다.

그것도 전부 포심 패스트볼로 말이다.

"허허……."

최경만 감독이 허탈하게 웃었다.

7번과 8번, 하위 타선에게 찬스가 걸린 상황이라 큰 기대는 하지 않았지만 저렇게 꼼짝없이 당해 버리니 뭐라 할 말이 없었다.

"와, 진짜. 저 녀석은 왜 우리한테만 저러냐?"

"그러게 말이야. 지난봄에도 그러던데……. 우리 싫어하나?"

나란히 삼진을 먹은 7번 타자와 8번 타자의 얼굴에도 불만이 가득 들어찼다.

한정훈이 유독 자신들에게만 가차 없이 공을 던지는 것 같았다.

그러자 조태식 코치가 한심하다는 얼굴로 중얼거렸다.

"그거야 네 녀석들이 7번하고 8번을 치니까 그렇지."

제아무리 한성대학교가 대학 4강 팀이라 하더라도 모든 타순에 강타자를 배치할 수는 없었다.

어느 팀이건 취약한 포지션은 나오게 마련이다.

그리고 야구에는 공격보다 수비 능력을 더 중요하게 여기는 포지션도 있었다.

7번 타자와 8번 타자의 수비 포지션은 유격수와 포수. 수비력이 필수인 포지션들이었다. 그래서인지 둘 다 수비 능력은 빼어난 편이었다. 하지만 공격력은 평균 이하라는 공통점을 가지고 있었다.

이미 한 차례 한성대학교를 상대해 봤던 한정훈은 7번과 8번 타자의 약점을 철저하게 파고들었다.

노림수를 가져갈 틈조차 주지 않고 포심 패스트볼로 윽박

질렀다. 하위 타선을 철저하게 잡고 들어가는 건 투구의 기본 상식이다. 하위 타선을 안일하게 상대했다가 출루를 허용할 경우 상위 타선으로 찬스가 이어지기 때문이었다.

하지만 그 기본을 제대로 지킬 줄 아는 선수는 실제로 얼마 되지 않았다.

프로 야구에서도 유독 하위 타선만 만나면 방심하거나 삼진을 잡을 욕심에 유인구를 남발하다 무너지는 투수들이 수두룩했다.

그런데 고작 고교야구 투수가 타순별로 대처하는 요령까지 터득하고 있으니 기가 차서 말이 안 나올 정도였다.

한정훈의 위력 투구에 입이 벌어진 건 고교 선발팀 투수들도 마찬가지였다.

무사 만루에 이어 1사 만루였다.

2실점을 했으니 추가 실점으로 이루어질 가능성이 컸다.

그런데 그걸 또 막아냈다. 그것도 별일 아니라는 듯이 말이다.

한 차례 위기를 막아낸 건 운이 좋다고 말할 수도 있었다.

그러나 연달아 찾아온 만루 위기를 눈 하나 깜짝하지 않고 막아낸 건 아무나 할 수 있는 게 아니었다.

"정훈아! 진짜 잘했어."

한정훈이 돌아오자 이규환이 가장 먼저 손을 뻗었다.

아웃 카운트 하나 잡지 못하고 루상만 가득 채우고 내려왔을 때는 솔직히 죽고 싶을 만큼 창피하고 화가 났는데 한정훈 덕분에 겨우 얼굴을 들 수 있을 것 같았다.

"고생은요."

한정훈이 어색하게 웃었다.

솔직히 이규환이 예뻐서라기보다는 박찬오의 기대에 부응하고 싶어서 전력투구를 한 것뿐이었다.

박찬오는 분명 한 사람당 아웃 카운트 하나씩은 책임져야 한다고 했다.

그건 반대로 말해 투수마다 0.1이닝씩은 보장해 준다는 의미였다.

하지만 4회 이후 박찬오는 0.1이닝 보장을 포기할 수밖에 없었다.

경기가 한성대학교 쪽으로 완전히 넘어갈지 모르는 위기가 계속해서 반복되고 있기 때문이었다.

말은 하지 않았지만 선수들을 강판시킬 때마다 박찬오는 미안함이 가득한 얼굴이었다.

투수 출신이다 보니 아웃 카운트 하나 잡지 못하고 내려가는 투수의 속마음을 누구보다 잘 아는 탓이었다.

그러나 실제 박찬오의 결정에 불만을 갖는 선수는 없었다.

이건 연습 경기이고 상대는 한성대학교였다. 오히려 무너지기 전에 교체를 당해서 다행이라는 반응이 대부분이었다.

그래서 한정훈이 대신 박찬오의 쓰린 속을 달래준 것이다.

투수가 눈앞의 위기에서 도망쳐 봐야 달라질 건 아무것도 없다는 사실을 모두에게 직접 보여준 것이다.

"근영 선배, 제 음료수 좀 주세요."

한정훈이 송근영에게 다가가 손을 내밀었다.

그러자 멍하니 한정훈을 바라보던 송근영이 다급히 옆에 놓아둔 음료를 붙잡았다.

"……!"

놀랍게도 페트병에서 느껴지는 시원함은 처음에 받아두었을 때와 별 차이가 없었다.

아니, 아까는 지나치게 차가웠다면 지금은 단숨에 들이켜기에 딱 좋을 정도로 시원했다.

"정훈아, 여기."

송근영이 손에 든 음료를 한정훈에게 내밀었다.

그리고 단숨에 음료수를 들이켜는 한정훈을 다시 멍하게 바라보았다.

꿀꺽. 꿀꺽.

한정훈의 목울대가 울릴 때마다 송근영의 머릿속으로 누군가가 스쳐 지났다.

"너…… 꼭 향운장 같아."

"누구요?"

"향운장. 최향만 선배님 별명이잖아, 몰라?"

"알죠, 최향만 선배님. 도전의 아이콘이시잖아요."

최향만은 서른이 넘은 나이에도 쉴 새 없이 메이저리그 마운드를 두드릴 만큼 도전 정신이 투철한 투수였다.

워낙에 이적이 잦아 저니맨으로 불리긴 했지만 현실에 안주하지 않고 꿈을 향해 매진하는 자세는 한정훈에게도 큰 귀감이 되었다.

'그런데 내가 최향만 선배 같다고?'

한정훈은 살짝 고개를 갸웃거렸다.

최향만 선배처럼 우완 투수이긴 하지만 딱히 비슷한 구석이 많아 보이진 않았다.

그러나 송근영이 한정훈을 보고 향운장을 연상시킨 이유는 따로 있었다.

부산 자이언츠가 마무리투수로 골머리를 앓던 시절 나타난 최향만의 투구는 경이로웠다. 윽박지르는 속구와 반 박자, 아니, 한 박자 빠른 투구 템포로 타자들을 일방적으로 몰아붙였다.

구속이 어마어마하게 빠른 것도 아니고 구종이 다양한 것도 아니었지만 타자들은 최향만의 투구 스타일에 휘말려 제 스윙을 하지 못했다.

그렇게 순식간에 이닝을 끝내고 더그아웃으로 돌아가는 최향만을 향해 자이언츠 팬들은 삼국지에 빗대 향운장이라는 별명까지 붙여주었다.

비록 체력적인 문제로 시즌 후반에 고전하긴 했지만 최향만이 보여준 노익장은 수많은 부산 자이언츠 팬의 심장을 뜨겁게 달궈 놓았다.

부산 자이언츠 골수팬인 송근영도 그때의 뜨거움을 아직까지 기억하고 있었다. 그런 송근영이 한정훈의 투구를 통해 최향만을 떠올렸다.

어린 시절 어렴풋이 남아 있던, 커다랗기만 하던 투수의 향기를 자신보다 한 살 어린 후배에게서 느낀 것이다.

그래서일까. 나이도 다르고 학교도 다르지만 한정훈과 친해지고 싶다는 욕심이 생겼다.

"정훈아, 너 아까 장난 아니더라. 그런데 왜 계속 패스트볼만 던진 거야?"

"포수 사인이 나서요."

"와, 진짜? 포수가 계속해서 패스트볼 사인을 냈는데 넌 하나도 안 부담스러웠어?"

"뭐…… 패스트볼이 제일 자신 있으니까요."

한정훈이 담담하게 말했다. 그러자 그 이야기를 엿듣던 이승민이 슬그머니 끼어들었다.

"그럼 변화구와 섞어 던져야 하는 거 아냐?"

변화구를 던지는 목적은 속구를 더욱 강력하게 만들기 위해서다.

속구를 연달아 세 개 던지는 것보다 속구와 속구 사이에 변화구를 섞어 타격 타이밍을 방해하는 게 훨씬 효과적이었다.

그 점을 한정훈도 모르지는 않았다.

실제로 상위 타선이나 중심 타선을 상대로는 단조로운 볼 배합을 최대한 자제해 왔다.

하지만 조금 전에 상대한 타순은 7번과 8번이다.

1번 같은 9번 타자가 각광받고 있는 요즘 추세에 타선에서 가장 약한 타자를 꼽으라면 7번과 8번일 수밖에 없었다.

"두 타자 모두 변화구만 노리던데요?"

"뭐야? 전부 직구만 던져 놓고 그걸 어떻게 알아?"

"아까 봤죠. 7번은 성진우 선배가 던진 슬라이더 받아쳐서 땅볼 나왔고 8번은 승민 선배가 던진 체인지업 건드려서 외야 플라이로 죽었잖아요."

"허……!"

한정훈의 말에 이승민이 입을 쩍 하고 벌렸다.

정작 공을 던진 자신조차 까맣게 잊고 있었던 걸 한정훈이 똑똑하게 기억하고 있을 줄은 몰랐다는 반응이었다.

그러자 송근영이 이제야 알겠다며 무릎을 딱 쳤다.

"그럼 아까 내가 던진 패스트볼을 전부 보기만 한 것도?"

"확실하진 않지만 안타 칠 자신이 없었겠죠."

한정훈이 두루뭉술하게 말했다. 하지만 송근영은 어렵지 않게 한정훈이 감춘 이유를 알아냈다.

송근영은 4회 초에 등판해 7번과 8번을 연달아 상대했다.

결과는 연속 볼넷.

제구가 안 된 것도 있지만 치라고 던져 준 패스트볼들이 전부 볼이 되면서 볼카운트가 몰려 버렸다.

그때는 당황한 나머지 어떻게든 제구를 잡으려고 발버둥을 쳤다.

하지만 한정훈처럼 상대의 타격 스타일을 파악했다면 그렇게 멍청하게 마운드에서 내려오지는 않았을 것이다.

송근영이 등판하기 바로 전에 이닝을 끝마친 건 우완 사이드암 이규환이다.

대기 타석에 있던 7번과 8번은 이규환의 공에 타이밍을 맞추고 있었을 터였다.

그런데 이닝이 바뀌기가 무섭게 좌완인 송근영이 올라왔다. 던지는 팔만 바뀌어도 공의 궤적이 달라지는데 투구 스타일까지 달랐다.

거기에 포심 패스트볼의 구속은 송근영이 5km/h 이상 빨랐다.

게다가 송근영의 하이 패스트볼은 고교 리그에서 꽤나 잘 통하던 유인구였다.

타격 능력이 떨어지는 7번과 8번이 적응하기에 송근영의 포심 패스트볼은 빠르고 날카로웠다.

문제는 그 공이 스트라이크존에 단 하나도 들어가지 않았다는 점이다.

결정구로 꼽히는 슬라이더의 제구는 나쁘지 않았지만 패스트볼이 말을 듣지 않았다.

그렇다면 제구를 포기하고 구위로 승부해도 나쁘지 않았을 텐데 더 정교하게 제구를 하려 들다가 볼만 남발했다.

그 결과가 연속 볼넷으로 이어진 것이다.

"하아……. 내가 멍청한 짓을 했네."

송근영이 고개를 흔들었다. 그때 차라리 한정훈처럼 칠 테면 쳐보라고 덤볐다면 어땠을까.

아웃을 잡는다는 보장은 없겠지만 적어도 처음으로 원 아웃도 책임지지 못하고 강판당하는 수모는 겪지 않았을 것이다.

그러나 정작 송근영이 놓치는 게 하나 있었다.

"그런데 승민 선배, 몸 안 풀어요?"

"몸?"

"순서상 선배 차례일 텐데요?"

한정훈의 말에 이승민이 눈을 번쩍 떴다.

성진우와 박진우가 두 번씩 투구를 했으니 그다음은 자신의 차례일 가능성이 컸다.

"고맙다."

이승민은 냉큼 불펜 포수를 불러 몸을 풀었다.

그러나 정작 그다음 차례일지 모르는 송근영은 한정훈의 옆에서 떨어질 생각을 하지 않았다.

"근영 선배, 선배도 미리미리 스트레칭해야죠."

"응? 왜?"

"승민 선배가 핀치에 몰리면 다음 차례는 선배일 테니까요. 아까 규환 선배 나갔잖아요."

"그건 그렇지만…… 형진이도 한 번밖에 안 던졌는데?"

송근영은 자신이 이승민의 백업을 해야 한다는 게 이해가 가지 않았다.

박찬오가 보직에 대해 아무런 언급조차 하지 않았지만 벌써 머릿속으로는 성진우와 이승민, 자신을 선발 요원, 박진우는 롱 릴리프, 윤형진과 이규환을 계투, 한정훈은 마무리로 분류를 한 것이다.

그러나 자신들보다 강한 팀을 상대로 5점 차로 끌려가는 와중에 확정되지도 않는 보직 타령은 지나치게 팔자 좋은 소리였다.

그보다는 주축 투수로서 언제든지 등판할 수 있다는 의지를 어필하는 게 백번 나았다.

"승민 선배가 이번에 잘 막는다면 좋겠지만 만약 위기에 몰리면 중심 타선이잖아요. 그럼 선배가 던져야 하지 않을까요?"

한정훈이 좋은 말로 송근영을 살살 긁어댔다. 그러자 송근영도 눈을 빛냈다.

위기 때 한정훈처럼 구원 등판해 중심 타자를 삼진으로 돌려세운다면?

볼넷 두 개로 강판당한 걸 충분히 만회할 수 있을 것 같았다.

"오케이, 알았어."

송근영은 자리에서 일어나 천천히 몸을 풀었다.

연습 투구야 이승민이 마운드에 올라간 뒤 상황을 보며 해도 늦진 않았다. 그보다는 등판할 때를 대비해 머릿속에 전략을 짜는 게 더 급했다.

"그런데 정훈아, 중심 타자들의 약점은 뭐냐?"

송근영이 몸통을 비틀며 물었다.

왠지 한정훈이라면 자신이 모르는 중심 타선의 비밀 같은 걸 알고 있을 것만 같았다.

그러나 정말 중심 타자들에게 송근영이 이용해 먹을 정도의 단점이 있다면 애당초 클린업에 포진하지도 못했을 것이다.

"한성대학교 클린업은 대학 리그에서도 유명하잖아요. 딱히 약점이랄 게 있을까요?"

한정훈이 무심하게 대답했다. 그러자 송근영의 눈동자가 급격하게 흔들렸다.

중심 타자의 약점을 알고 마운드에 오르는 것과 아무것도 모른 채 마운드에 오르는 건 엄연히 다른 일이었다.

"헐……. 야! 이제 와서 그렇게 말하면 어떻게 해? 그러지 말고 뭐라도 말 좀 해줘. 넌 아까 상대했잖아."

송근영이 한정훈의 팔을 붙잡고 매달렸다.

3학년 투수가 2학년 투수에게 보일 행동은 아니었지만 지금은 찬밥 더운밥 가릴 처지가 아니었다.

본래는 이쯤에서 조언을 끝내려던 한정훈도 이내 생각이 바뀌었다.

자신이 원하는 절실함과는 달랐지만 이 정도면 송근영도 충분히 자존심을 내려놓은 셈이었다.

"일단 상황에 맞게 던져야겠죠."

"상황에 맞게?"

"이런 가정하면 승민 선배가 엄청 싫어하겠지만, 승민 선배가 아웃 카운트 하나도 잡지 못하고 무사 만루 상황을 만들어 놨다고 쳐요. 그럼 선배는 어떻게 할 거예요?"

"헉! 무사 만루라고?"

순간 송근영의 얼굴이 딱딱하게 굳어졌다.

아무리 가정이라지만 무사 만루라는 최악의 상황에서 한

성대학교의 중심 타선을 상대하고 싶은 마음은 눈곱만큼도 없었다.

그러나 야구라는 게 꼭 바라는 대로 풀린다는 보장은 어디에도 없었다.

“일단 가정이라니까요.”

“하아, 가정이라도 해도 정말 싫다. 만약 정말 그 상황이 온다면 나 못 올라갈 거 같아.”

송근영이 자신 없다는 표정을 지었다.

솔직히 정말 그런 위기가 닥친다면 송근영이 아니라 고교 대표팀에 선발된 그 누구도 등판을 달가워하지 못할 터였다.

하지만 그렇기 때문에 미리미리 대처할 필요가 있었다.

“그렇게 겁먹을 거 없어요. 까짓것 홈런 맞으면 4점이잖아요. 안 그래요?”

한정훈이 피식 웃으며 말했다. 그러자 송근영이 입을 쩍 하고 벌렸다.

설마하니 한정훈이 그런 말을 할 줄은 전혀 예상하지 못한 모양이었다. 그러나 한정훈도 홈런을 맞아도 좋다고 이야기하는 건 아니었다.

최선을 다했는데 홈런을 허용했다면 할 말 없겠지만 불을 끄기 위해 마운드에 올랐다면 불을 끄는 게 가장 좋았다.

“그러니까 무사 만루라고 겁부터 먹으면 안 돼요. 주자들의 움직임에 신경 쓰고 장타 맞을 거 신경 쓰면서 소극적으로 투구하면 결국 타자만 이득이니까요."

"그건 그렇지……."

송근영이 고개를 끄덕였다.

투수가 상대해야 하는 건 타자다. 이건 투수 코치에게 수도 없이 들어왔던 이야기였다.

그런데 한정훈의 극단적인 설명을 듣고 보니 묘하게 느낌이 달랐다. 뭐랄까. 지금까지 자신이 해왔던 피칭과는 제법 거리감이 느껴졌다.

"그럼 네 말은 안타를 맞아도 좋으니까 정면승부를 해야 한다는 이야기야?"

송근영이 한정훈을 바라보며 물었다.

소극적인 투구를 해서는 안 된다는 말을 적극적인 투구를 해야 한다는 의미로 단정 지어버린 것이다.

하지만 투수의 투구라는 게 그렇게 한마디로 정의할 수 있는 건 아니었다.

"말을 하자면 그런 거죠. 만루고 주자가 도루할 상황도 아니니까 주자 움직임을 신경 쓸 필요 없잖아요."

"그렇지……."

"그런데 중심 타선이 타석에 들어왔어요. 어지간한 스트라이크를 던지면 전부 쳐낼 것 같단 말이죠."

"그래, 내 말이 그거야. 그런데도 정면승부를 해야 한다?"

"해야죠. 그 상황에서 3번 거르면 밀어내기로 한 점 내주고 4번인데 뭐가 달라요? 4번도 5번도 거르고 6번하고 승부하면 점수 안 내준다는 확신은 있고요?"

"그건……."

한정훈의 극단적인 비유에 허를 찔린 송근영은 다시 말문이 막혔다.

너무나 최악의 상황이라 뭐라 할 말이 없었다.

무엇보다 한정훈의 말대로라면 아마 밀어내기 볼넷이 나오는 순간 강판을 당할 게 뻔했다.

하지만 아직 한정훈의 말은 끝난 게 아니었다.

"투수가 상황에 위축되고 타자와의 승부를 두려워하면 답이 없어요. 수비하는 야수들도 짜증만 날 테고요. 그러니까 싸워야죠. 싸우는데 그렇다고 무식하게 덤비라는 소리는 아니에요. 전략적으로 잘 싸워야죠."

"전략적으로……?"

"자, 우리 잠깐 타자 입장에서 생각해 보자고요. 무사 만루예요. 감독도 코치도 선수들도 팬들도 득점이 날 거라고 확신하고 있어요. 그런데 무사 만루 찬스에서 무조건 득점이 나오는 건 아니잖아요. 안 그래요?"

"그렇지."

"득점권 타율이 10할인 타자라 하더라도 부담스러운 상황인데 10할도 안 되는 타자라면 머릿속이 얼마나 복잡하겠어요? 괜히 잘못 쳤다가 병살되면 어떻게 하나. 나 때문에 득점 기회가 날아가면 어떻게 하나."

"아……!"

"결국 타자도 충분히 부담을 안고 타석에 들어설 거예요. 투수만 부담스러운 게 아니라고요."

"그러니까 부담을 가지고 피칭하지 마라?"

"그렇죠. 그게 소극적인 피칭을 하지 말라는 소리예요. 투수 쪽에서 심리적으로 먼저 밀려 버리면 타자는 오히려 한숨 놓을 수 있을 테니까요."

"하아……."

송근영이 한숨을 내쉬었다.

머릿속으로는 어느 정도 이해가 가는데 정말로 무사 만루 상황에서 아무렇지도 않을 수 있을지 확신이 서질 않았다.

그건 어쩌면 당연한 일이었다.

한정훈도 과거 불펜 투수로 활약했던 경험이 없다면 이렇게 태연하게 조언을 하고 있지 못했을 것이다.

하지만 그렇다고 해서 한정훈이 불가능한 주문을 하는 것도 아니었다.

"일단 마음을 단단히 먹어요. 그리고 타자만 봐요. 안타를 맞으나 2루타를 맞으나 실점하는 건 똑같아요. 아예 9회 말 마무리투수로 올라왔다 라고 생각해 봐요. 어정쩡하게 내야 땅볼로 유도했다가 빠지면 그대로 경기 끝이잖아요."

"그럼 어떻게 해? 삼진이라도 잡으라고?"

송근영이 답답한 마음에 언성을 높였다.

한정훈이 몰아가고 있는 말도 안 되는 상황에서 벗어날 수 있는 유일한 방법은 삼진밖에 없었다.

그러자 한정훈이 기다렸다는 듯이 웃어 보였다.

"그래요. 삼진 잡아버려요."

"뭐?"

"삼진 잡으라고요. 선배 공 좋잖아요."

"허……."

송근영은 그저 헛웃음만 났다.

자신은 더없이 진지한데 정작 한정훈은 장난스럽게 받아들이는 것 같아 화가 났다.

그러나 한정훈은 농담으로 삼진을 잡으라는 게 아니었다.

"왜 못 잡을 거라고 생각해요? 상대가 대학 선수라서? 중심 타자라서? 그렇게 생각하면 무슨 수로 상대를 이겨요?"

"……!"

"그런 생각부터가 소극적인 거예요. 물론 한성대학교 중심 타자는 강하죠. 어지간한 공은 그대로 펜스 밖으로 넘겨 버릴 것 같고요. 그런데 어쩌라고요. 만루인데 밀어내기 줄 수는 없잖아요? 그럼 승부해야 하는데 기왕 승부할 거면 자신감을 가지고 던지는 게 좋지 않겠어요?"

"……!"

"선배는 언제까지 고등학생일 것 같은데요? 이제 내년이면 프로에 갈 거잖아요. 프로에는 선배보다 경험 많고 잘하는 선수들투성이일 텐데 프로 가서도 그럴 거예요?"

"……!"

한정훈의 따끔한 한마디가 채찍처럼 송근영의 가슴을 때렸다.

생각해 보니 그랬다. 한성대학교라는 이름에 눌려 자신도 모르게 타자들에게 겁을 먹고 말았다.

타자들이 두려우니 제대로 자신의 공을 던지지 못했다. 그리고 위기를 자초했다. 그러면서도 한정훈의 말을 듣기 전까지는 뭐가 잘못됐는지조차 깨닫지 못하고 있었다.

야구란 해보지 않고는 모르는 것이다.

그걸…… 머릿속으로만 알고 정작 가슴은 깨닫지 못하고 있었던 것이다.

한정훈의 말이 맞다.

상대가 대학교 타자인 게 뭐가 어떻다는 말인가? 프로에 가서도 지금처럼 패배를 당연하게 받아들일 생각인가?

"후우……."

송근영이 길게 한숨을 내쉬었다.

자신이 고작 이 정도밖에 안 되는 투수였다는 사실이 그저 한심스럽기만 했다.

그렇다고 이제 와서 한가하게 자기반성에 빠져 있을 수는 없는 노릇이었다.

수많은 고등학교 투수를 제치고 고교 대표팀에 합류했다.

그렇다면 대표팀에 걸맞은 피칭을 한 번이라도 보여줄 필요가 있었다.

그때였다.

"선배, 왠지 몸을 풀어야 할 것 같은데요."

한정훈이 그라운드를 보며 중얼거렸다. 잘 던지던 이승민에게 위기가 찾아온 것이다.

9번 타자를 삼진으로 돌려세우고 1번 타자를 외야 플라이로 유도할 때까지만 해도 삼자범퇴로 끝날 것 같았다.

하지만 2번 타자가 끈질기게 공을 골라 볼넷으로 나간 이후 이승민의 평정심이 무너졌다.

설상가상 3번 타자와 어렵게 승부하느라 볼카운트가 1-3까지 몰린 상황이었다.

여기서 또다시 볼넷이 나온다면 박찬오가 투수를 교체할 가능성이 커 보였다.

"그래, 알았어."

송근영은 냉큼 글러브를 집어 들고 불펜으로 향했다. 그리고 최대한 빨리 어깨를 달궜다.

덕분에 박찬오도 이승민이 풀카운트 접전 끝에 3루 주자를 볼넷으로 출루시킨 시점에서 곧바로 투수 교체를 단행할 수 있었다.

"미안하다."

마운드를 내려오며 이승민이 씁쓸한 표정을 지었다.

어떻게든 자신이 마무리하고 싶었는데 그러지 못한 게 퍽이나 억울한 모양이었다.

그러자 송근영이 이승민만 들을 듯한 목소리로 대답했다.

"괜찮아. 내가 막을게."

"……!"

순간 이승민이 놀란 눈으로 송근영을 바라봤다.

평소 알고 있는 송근영의 성격상 앓는 소리가 나와야 정상인데 괜찮다니. 자신이 막겠다니.

마치 환청이라도 들은 기분이었다.

포수 마스크를 쓴 박기완도 달라진 송근영을 제대로 캐치하지 못했다.

'저 녀석 아까 제구가 엉망이었지? 그럼 일단 정면승부는 피하는 게 좋겠다.'

박기완이 바깥 쪽 빠지는 공을 주문했다. 타자가 건드리면 좋겠지만 볼이어도 상관없었다.

투수가 좌완인 만큼 우타자인 4번을 거르고 좌타자인 5번과 승부하는 게 더 나을 것 같았다.

그러나 송근영은 가볍게 고개를 흔들었다. 해보지도 않고 무작정 도망가는 건 더 이상 하고 싶지 않았다.

살짝 미간을 찌푸리던 박기완이 몸 쪽 높은 공을 주문했다. 그러나 이번에도 송근영은 고개를 저었다.

"뭐야?"

박기완은 마지막으로 한가운데서 떨어지는 변화구를 요구했다.

그러자 송근영이 아예 투수판에서 발을 풀어버렸다. 사인이 마음에 들지 않는다는 노골적인 제스처였다.

"아, 진짜 뭐 하자는 거야?"

결국 박기완이 타임을 부르고 마운드 쪽으로 다가갔다.

"승부할 거야."

송근영이 기다렸다는 듯이 입을 열었다.

"……뭐?"

박기완이 어처구니없다는 표정을 지었다.

4회에 올라와서 볼질만 하다 내려가 놓고 실점 위기에서 승부하겠다니.

도대체 무슨 자신감인지 이해가 가지 않았다.

"너 미쳤냐? 제정신이야?"

박기완이 송근영의 면전에서 쏘아붙였다.

"제정신이냐니?"

송근영도 눈매를 굳혔다.

박기완이 고교 리그 최고의 포수라 하더라도 자신이 이런 대우를 받을 이유는 없었다.

그러나 박기완은 투수가 원하는 대로 리드를 맞춰주는 성격이 절대 아니었다.

"승부한다고? 4번 타자야. 몰라?"

"그래서?"

"4번이니까 거르자고. 여기서 한 방 맞으면 어떻게 될지 이해가 안 되냐?"

"그럼 그다음에는? 4번 거르고 5번도 거를 거냐?"

"누가 5번도 거르자고 했어? 5번은 좌타자잖아. 그러니까 5번에서 승부 보자고."

"만루를 채워 놓고 5번하고 승부하라고? 지금 장난하냐?"

"뭐?"

"그리고 좌타자라고 좌투수 공 못 친다는 법이 어디 있어? 5번이 아까 진우한테 2루타 때린 거 까먹었냐?"

"허……!"

순간 박기완은 짜증이 치밀었다.

딴에는 송근영을 생각해서 거르자고 했는데 시비라니.

이건 자신의 리드를 믿지 못하겠다는 소리나 다름없었다.

화가 나는 건 송근영도 마찬가지였다.

기껏 작심하고 마운드에 올랐는데 도망가자고 꾀면 기운이 빠질 수밖에 없었다.

박기완과 송근영의 대치는 한동안 이어졌다.

연습 경기이고 큰 점수 차로 이기는 상황이다 보니 한성대학교에서 항의가 들어오진 않았지만 덕분에 시합은 3분 가까이 중단되고 있었다.

그러자 보다 못한 최인섭이 슬그머니 박찬오에게 다가왔다.

"감독님, 쟤들 궁합이 안 맞는 거 같은데요."

"그럴 만도 하지. 아까 근영이가 볼넷만 두 개 내줬으니까."

"그렇다고 투수를 바꾸긴 어려우니까 포수를 교체해 볼까요?"

"그게 좋겠다."

최인섭은 심판에게 다가가 포수 교체를 요구했다.

투수처럼 야수도 몇 번이고 다시 경기에 들어올 수 있으니 교체를 망설일 이유가 없었다.

"젠장할!"

박기완이 신경질적으로 마스크를 벗으며 더그아웃으로 물

러났다.

그를 대신해 백업 포수인 이만호가 송근영에게 다가왔다.

"왜 그래요? 무슨 일 있어요?"

송근영의 표정을 살피며 이만호가 조심스럽게 입을 열었다.

더그아웃에서 보기에도 조금 전 박기완과 송근영의 모습은 심상치가 않았다.

"별거 아냐. 난…… 그냥 승부하고 싶을 뿐이야."

송근영이 애써 분을 삼켰다.

하고 싶은 말은 많았지만 조금 전 박기완이 내뱉은 한 마디가 머릿속을 떠나지 않은 탓이었다.

야, 까불지 마. 네가 진우라도 되는 줄 알아?

처음 박기완이 4번 타자를 거르자고 했을 때만 해도 송근영은 실점이 많아서 그러는 것이라고 여겼다.

박기완이 포수 마스크를 쓰고 내준 점수만 8점이었다.

주전 포수로서 추가 실점을 내주고 싶지 않은 마음은 당연한 것이었다.

하지만 정작 박기완이 4번 타자를 거르자고 한 이유는 따로 있었다.

봉황기 우수 투수상을 받은 성진우조차 버거워하는 한성대학교 중심 타선을 송근영이 감당할 수 없다고 판단한 것이다.

송근영도 자신보다 성진우가 한 수 위라는 건 인정하고 있었다.

안성민이 없는 고교야구에서 최강 좌완을 다투고 있는 건 성진우와 강현승(중흥고등학교 좌완)이었다.

물론 언론에서는 송근영까지 포함해 셋을 묶어 좌완 트리오라 부르고 있었다. 그러나 그건 어디까지나 지역 구도를 끼워 맞추기 위해서였다.

서울을 대표하는 성진우와 호남을 대표하는 강현승, 그리고 영남을 대표하는 송근영. 본래라면 안성민이 들어가 있을 자리를 송근영으로 대체한 것이다.

그러나 평가가 격상되었다고 해서 실력까지 좋아지는 건 아니었다.

안성민에게 밀려 만년 이인자에 머물렀던 성진우는 물론 좌완 최고의 강속구를 자랑하는 강현승과 비교했을 때 송근영의 재능은 조금 평범해 보이기까지 했다.

하지만 그렇다고 해서 투수로서 자존심이 없는 건 아니었다. 싸우겠다는 투지가 없는 것도 아니었다.

송근영의 들끓는 무언가가 표정을 타고 번졌다. 그리고 이만호는 어렵지 않게 그 정체를 알아챘다.

승부욕.

강팀과 싸울 때마다 한정훈이 보여주었던 그 승부욕이 송근영에게도 발동된 것이다.

“그럼 승부해요, 선배.”

이만호가 흔쾌히 고개를 끄덕였다. 그러자 송근영의 표정이 금세 달라졌다.

“정말이지?”

“네, 선배 공 좋잖아요. 그러니까 마음껏 던지세요.”

“그래, 고마워. 그럼 만호야, 네가 리드 좀 해줘.”

“에? 제가요?”

“정훈이하고는 잘했잖아. 나도 부탁하자. 네 요구대로 던지려고 노력할 테니까.”

다시 기분이 좋아진 송근영이 이만호에게 리드를 맡겼다.

이만호의 리드대로 공을 던졌다는 한정훈의 말을 믿기로 한 것이다.

그러자 덩달아 이만호의 표정도 밝아졌다.

포수는 투수의 공을 믿겠다고 하고 투수도 포수의 리드를 따르겠다고 한다. 이런 상호신뢰야말로 투수와 포수를 배터리로 묶는 기본 전제 조건이었다.

“알았어요. 최선을 다할게요.”

포수석으로 돌아온 이만호는 곧바로 사인을 냈다.

코스는 바깥쪽 빠지는 패스트볼.

박기완이 가장 처음에 요구했던 코스와 같은 공이었다.

그러나 송근영은 군말 없이 고개를 끄덕였다.

사인만 같을 뿐 이만호와 박기완이 요구한 공은 전혀 달랐기 때문이다.

처음 사인을 낸 뒤 박기완은 바깥쪽으로 완전히 빠져 앉았다.

그가 원하는 건 완벽한 볼. 선구안 좋은 타자라면 100퍼센트 볼이라고 알아챌 정도로 말이다.

반면 이만호는 제자리에서 엉덩이만 살짝 바깥쪽으로 뺀 채 미트를 움직였다.

미트의 위치는 스트라이크와 볼의 경계선.

스트라이크로 보이는 볼을 던져서 타자의 반응을 살피자는 이야기였다.

'던질 수 있어.'

천천히 숨을 고른 뒤 송근영이 이만호의 미트를 향해 힘껏 공을 던졌다.

후아앗!

빠르게 날아든 공이 살짝 안쪽으로 말려 들어왔다. 전력을 다한 나머지 공에 회전이 과하게 먹힌 것이다.

하지만 코스가 코스인 만큼 타자도 쉽게 방망이를 내밀지 못했다. 괜히 잘못 건드렸다가 배트 끝에 맞으면 모든 게 끝이었다.

퍼엉!

"스트라이크!"

포구와 동시에 심판의 스트라이크 콜이 울렸다.

"좋았어!"

송근영이 주먹을 힘껏 움켜쥐었다.

이제 겨우 원 스트라이크일 뿐이었지만 벌써부터 온몸에 엔도르핀이 솟구치는 기분이었다.

'다음 공은 뭐로 갈까?'

송근영에게 공을 돌려주며 이만호는 고민에 빠졌다.

앞선 네 타석 중 세 타석에서 4번 타자는 비교적 끈질기게 공을 지켜봤다.

그 결과 안타 하나와 사사구 2개(하나는 몸에 맞는 공)를 얻어냈다.

4번 타자가 투수의 페이스에 끌려간 건 4회 한 번뿐이었다. 한정훈이 마운드에 올랐을 때였다.

그때 한정훈은 포심 패스트볼을 꽂아 넣고 체인지업으로 투 스트라이크를 만든 뒤에 4구째 몸 쪽에 바짝 붙이는 포심 패스트볼을 던져 내야 플라이를 이끌어 냈다.

그 덕분에 1사 만루가 2사 만루로 변했고 실점의 위기를 벗어날 수 있었다.

하지만 지금은 4회와는 상황이 달랐다. 투수가 바뀌었지만 무엇보다 아웃 카운트가 달라져 있었다.

상식적으로 놓고 봤을 때 2아웃 상황보다 1아웃 상황이 타격하기에 편했다.

병살타만 치지 않는다면 득점 기회를 다음 타자에게 이어줄 수 있기 때문이다. 그러나 타자의 심리는 1아웃보다 2아웃 상황이 더 편했다.

1아웃 때는 빈번하게 일어나는 문제의 병살타를 염두에 두며 타격해야 하지만 2아웃부터는 그 걸림돌이 사라져 버리기 때문이다.

게다가 아웃 카운트가 늘어날수록 득점에 대한 기대도는 현저하게 떨어졌다.

'어차피 투 아웃이니까 내 스윙대로 가져가야지.'

훙. 후웅!

두어 번 가볍게 방망이를 휘돌린 타자가 방망이를 길게 잡고 다시 타석에 들어섰다.

대놓고 자신의 노림수를 드러낸 것이다.

'하긴, 혼자만 장타가 없지?'

이만호는 어렵지 않게 타자의 속사정을 읽어냈다.

3번 타자는 홈런 섞인 2안타에 2타점을 올렸고, 5번 타자는 안타 하나 2루타 하나로 1타점을 기록하고 있었다.

다들 장타를 하나씩 터뜨린 반면 4번 타자는 단타 하나만 기록하고 있었다.

이런 상황에서 팀의 4번인 타자가 노리는 거야 뻔했다.

'욕심을 내시겠다면 맞춰 드려야지요.'

이만호는 손가락을 두 개 펴 보였다.

슬라이더.

송근영이 포심 패스트볼 다음으로 가장 자신 있어 하는 공이었다.

이만호가 미트를 타자 몸 쪽으로 바짝 붙였다.

자칫 잘못하면 장타를 맞을 수 있는 코스였지만 제대로만 구사한다면 타자를 꼼짝 못 하게 만들 수 있었다.

"후우……."

길게 한숨을 내쉬며 송근영은 가볍게 고개를 끄덕였다.

초구에 이어 2구째도 까다로운 요구였다. 만약 박인기였다면 이보다 쉽고 간결한 사인을 냈을 것이다.

하지만 송근영은 이만호의 사인이 싫지 않았다. 투수를 믿지 않으면 내기 어려운 사인들이기 때문이었다.

'좋아, 해보자.'

마음을 다잡기가 무섭게 송근영이 빠른 템포로 공을 던졌다.

후아앗!

타자 몸 쪽으로 파고들던 공이 더욱 안쪽으로 꺾여 들어왔다. 그와 동시에 타자가 방망이를 휘둘렀다.

몸 쪽으로 휘어져 들어오는 변화구는 타자가 가장 자신 있어 하는 공이었다. 이 공을 잡아당겨 펜스를 넘긴 게 한두 개가 아니었다.

하지만…….

퍼어엉!

요란스럽게 뻗어 나간 타구는 파울 라인을 크게 벗어났다. 송근영의 슬라이더가 예상보다 더 많이 꺾인 것이다.

"젠장!"

타자의 입에서 욕지거리가 터져 나왔다.

히팅 포인트를 조금만 더 앞으로 가져갔다면.

어깨가 열리는 걸 최대한 붙들고 있었다면.

아쉬움이 꼬리를 물고 이어졌다.

그러나 지금은 파울 타구에 미련을 두고 있을 때가 아니었다.

'심란한 모양인데 그럼 더 심란하게 만들어 드리겠습니다.'

4번 타자의 표정을 살핀 이만호가 손가락을 4개 펴 보였다.

코스는 2구째와 마찬가지인 몸 쪽.

사인을 확인한 송근영의 눈빛이 살짝 흔들렸다.

조금 전 타자는 몸 쪽 깊숙한 슬라이더도 쳐 냈다. 그건 어쭙잖은 변화구는 통하지 않는다는 의미였다.

그런데도 이만호는 슬라이더보다 자신 없는 체인지업을 몸 쪽에 던지라고 요구하고 있었다.

'저 녀석, 내가 류현신 선배인 줄 아나.'

스트라이크존의 양 경계선을 오가는 체인지업으로 타자를 물 먹이는 건 메이저리거 류현신의 전매특허였다.

그러나 그건 류현신이기 때문에 가능한 피칭이었다.

한정훈의 조언 덕분에 자신감을 되찾았다고 해서 송근영이 당장 류현신이 될 수 있는 건 아니었다.

잠시 고심하던 송근영이 가볍게 고개를 흔들었다. 그러자 이만호가 고개를 끄덕거리고는 두 번째 사인을 냈다.

바깥쪽에 꽉 찬 패스트볼.

볼카운트가 몰린 타자가 쉽게 공략하지 못할 공이었다.

'좋아.'

송근영은 곧바로 투구 동작에 들어갔다. 그리고 평소보다 더욱 힘을 주어서 포심 패스트볼을 던졌다.

후아앗!

최고 구속 154㎞/h에 달하는 송근영의 포심 패스트볼이 순식간에 홈 플레이트 앞까지 도착했다.

코스는 아슬아슬하게 스트라이크.

순간 타자가 재빨리 방망이를 휘둘렀다.

파앙!

방망이 끝에 맞은 타구가 크게 튕겨 올랐다.

"캐처!"

송근영이 손가락으로 하늘을 가리켰다. 이만호도 다급히 포수 마스크를 벗었다.

하지만 포수 머리 뒤로 타구는 곧장 백네트를 맞추고 땅으로 떨어졌다.

"후우……."

타자의 입에서 안도의 한숨이 흘러나왔다.

공이 조금만 더 안쪽에 맞았다면 평범한 플라이 타구가 됐을지도 몰랐다.

'그나저나 저 녀석 공이 저렇게 좋았나?'

타석을 빠져나온 타자가 가볍게 고개를 흔들어 댔다.

솔직히 고교 대표 선발팀에서 까다로운 투수는 한정훈밖에 없었다.

그나마 눈에 들어오는 게 성진우, 이승민 정도였다.

그런데 직접 상대해 본 송근영의 공도 제법이었다. 구속도 빠르지만 무엇보다 대담한 승부를 펼칠 줄 알았다.

'아까는 형편없던데. 감독한테 된통 깨지기라도 한 거야 뭐야?'

타자의 경계 어린 시선이 송근영에게 향했다.

그러나 정작 송근영은 그 사실을 눈치채지 못했다. 조금

전 이만호가 보낸 마지막 사인 때문이었다.

가운데 높은 코스의 패스트볼.

어지간한 담력으로는 결코 던질 수 없는 공이었다.

이성은 어서 고개를 저으라고 말했다.

이 시점에서는 변화구를 던져 타자의 타이밍을 빼앗는 게 최선이라고 조언했다.

반면 심장은 한 번 던져 보자고 부추겼다.

한성대학교의 4번 타자를 상대로 투 스트라이크를 잡은 상태다.

스트라이크존에 들어오는 모든 공을 대처해야 하는 타자가 패스트볼 타이밍에 제대로 방망이를 휘두를 확률은 낮았다.

"좋아."

질근 입술을 깨문 송근영이 있는 힘껏 공을 내던졌다.

후아앗!

송근영의 손끝을 떠난 공이 빠르게 스트라이크존 한복판을 파고들었다.

'실투다!'

구질과 코스를 파악한 타자는 지체 없이 방망이를 휘돌렸다.

따아악!

요란한 타격음이 찬오 파크를 쩌렁쩌렁하게 울렸다.

"아……!"

순식간에 사라져 버린 타구 앞에 송근영은 탄식을 흘렸다.

솔직히 소리만 들어도 알 수 있었다. 이건…… 100퍼센트 담장을 넘어갔다.

하지만 고개를 돌려 확인한 타구는 중견수의 글러브 속에 들어가 있었다.

그렇다고 특별히 중견수가 펜스 쪽으로 이동한 것도 아니었다. 거의 제 위치에서 잡아낸 것이다.

'이겼다! 내가!'

송근영이 눈을 부릅떴다.

박기완은 절대 무리라고 했던 4번 타자와의 승부에서 판정승을 거두었다.

"크아아아!"

송근영이 마치 완봉승이라도 거둔 것처럼 포효했다.

"선배! 최고예요!"

이만호가 냉큼 송근영에게 달려가 손바닥을 내밀었다.

"너야말로!"

송근영이 있는 힘껏 이만호와 손뼉을 맞부딪쳤다.

짝!

각성한 송근영과 이만호의 첫 번째 하이파이브가 기분 좋게 울려 퍼졌다.

5

송근영-이만호 배터리의 활약은 이후에도 계속되었다.

8회 초 등판한 송근영은 5번 타자에게 중전 안타를 허용하긴 했지만 6, 7, 8번 세 타자를 모조리 범타로 돌려세우며 이닝을 마무리 지었다.

9회에도 마찬가지. 9번 타자와 1번 타자, 2번 타자를 또다시 삼자범퇴로 처리하며 자신에게 기회를 준 박찬오의 신뢰에 보답했다.

하지만 애석하게도 타자들은 그러지 못했다.

변변한 득점 찬스조차 잡지 못한 채 7, 8, 9회를 허무하게 날려 버렸다.

최종 스코어는 8-3.

경기는 한성대학교의 5점 차 승리로 끝이 났다.

"투수들은 그럭저럭 쓸 만한 거 같은데 타자들이 문제야. 저래서는 일본에 가서 망신이나 당하지 않으면 다행이겠어."

경기가 끝나고 한성대학교 최경만 감독은 자신이 느낀 고교 선발팀의 문제점을 박찬오에게 일러주었다.

3점을 뽑아낸 야수들과 8점을 실점한 투수들.

표면상으로만 놓고 보자면 투수력이 더 문제처럼 느껴질지 몰랐다.

그러나 최경만 감독의 생각은 달랐다.

한성대학교 주전 타자들을 상대로 8실점이면 결코 나쁜 결과는 아니었다.

봉황기 우수 투수상에 빛나는 성진우와 이승민의 투구는 소문대로 제법이었다.

패스트볼의 구속도 좋았고 제구도 훌륭했다. 경기 막판에 등판한 송근영도 마찬가지였다.

처음에는 눈여겨보지 않았는데 경기 후반에 보여준 퍼포먼스는 같은 좌완인 성진우에 버금갈 정도였다.

박진우와 윤형진, 이규환 역시 고등학교 투수치고는 쓸 만한 실력을 갖추고 있었다.

개인마다 일장일단은 있지만 박찬오가 잘 컨트롤한다면 계투진에서 좋은 활약을 보여줄 것 같았다.

하지만 최경만 감독이 8실점을 한 투수들에게 후한 점수를 준 진짜 이유는 따로 있었다.

바로 한정훈.

두 차례 만루 상황에 등판해 실점 위기를 깨끗이 지워버린 한정훈의 투구야말로 오늘 경기의 백미라 말할 정도였다.

봄에 한 차례 경험한 적이 있기 때문에 어느 정도 예상도 하고 대비도 했지만 한정훈의 공은 역시나 만만치가 않았다.

공도 좋지만 무엇보다 투수로서의 자질이 남달랐다.

제대로 컨디션만 유지한다면 일본에 가서도 결코 쉽게 난타당하지 않을 것 같았다.

그에 비해 야수들은 어딘지 모르게 허술했다. 확실한 구심점이 없었다.

포지션별로 잘하는 선수들만 선발해서인지 아직까지 팀을 위해 헌신하는 이타적인 모습이 보이질 않았다.

"좋은 말씀 감사합니다, 선배님."

박찬오도 최경만 감독의 말에 전적으로 공감했다.

선수들의 플레이를 지켜보기 위해 특별히 작전을 주진 않았지만 앞 타자가 출루할 때 번트를 대려는 타자도 없었고 타자에게 기회를 주기 위해 부지런히 몸을 움직이는 주자도 없었다.

그런 상황에서도 3점이나 뽑아낸 게 신통하게 느껴질 정도였다. 아무래도 소속 팀에서는 스타플레이어로 대접을 받다 보니 아직 자신을 내려놓을 준비가 되어 있지 않아 보였다.

하지만 이래서는 일본 고교 팀과의 경기는 해보나 마나였다.

그렇다고 선발된 선수들을 다시 실력으로 줄 세워 역할을 강요하고 싶지도 않았다. 그나마 다행인 건 야수들이 최인섭의 말을 잘 따른다는 점이었다.

투수들이 박찬오에게 절대적인 신뢰를 보내듯 야수들에게 전직 메이저리거 최인섭은 우상이나 마찬가지였다.

국내 복귀 후 개인 성적은 신통치 않았지만 최인섭은 야수 출신으로 최초로 메이저리그를 밟은 사내다.

그 자체만으로도 선수들의 존경을 받기에 충분했다.

최인섭도 그런 선수들의 동경심을 적절하게 활용했다.

“너희들, 야구가 장난이야? 아니면 이 태극 마크가 우스워? 국가 대표가 되고 싶어도 되지 못하는 선수들이 천지야. 그런데 너희는 뭐 하는 거야? 다른 선수들 보기에 부끄럽지도 않아?”

박찬오를 대신해 최인섭은 야수들의 안일한 플레이를 따끔하게 질책했다.

특별히 누가 잘하고 누가 못하고를 따지지 않았다.

승리의 기쁨을 모두가 함께 누리듯 패배의 아픔은 모두가 함께 짊어져야 하는 것이었다.

신임 코치 최인섭의 질책은 감정적이면서도 투박했다.

경험 많은 지도자들에 비해서는 확실히 무게감이 떨어졌다.

하지만 야수들은 자신들이 존경하는 최인섭을 실망시켰다는 생각에 누구 하나 입을 열지 못했다.

8실점이나 한 투수들의 잘못이라고 떠넘기기에 오늘 자신들이 보여준 플레이는 솔직히 형편없었다.

“너희들의 유니폼을 봐라. 누구 하나 더러워진 녀석들이 없어. 약한 팀을 상대하더라도 최선을 다하는 게 스포츠 정신이야. 그런데 너희는 뭐야? 한성대학교 야구부가 만만해 보였어? 최선을 다하지 않아도 충분히 이길 만큼?"

최인섭은 반성의 의미로 야수들과 함께 운동장을 뛰었다.

경기가 끝나고 심신이 지쳐 있었지만 야수들 중 누구도 불만을 보이지 않았다.

오히려 바퀴 수가 늘어날수록 야수들의 표정은 진지해졌다. 자신들이 얼마나 어리석었는지를 조금씩 깨닫기 시작한 것이다.

"경기의 책임을 야수들에게만 돌릴 수는 없겠지?"

박찬오의 한마디에 투수들도 반성의 달리기에 합류했다.

오늘 누구보다 빼어난 활약을 보였던 한정훈도 박찬오와 나란히 달렸다.

그렇게 모든 선수의 야구복이 땀에 흥건히 젖어서야 반성의 시간은 끝이 났다.

그날 저녁. 선수들은 뒤늦게 자기소개의 시간을 가졌다.

다 함께 패배의 쓴맛을 맛보고 반성의 의미로 운동장을 돌며 한가득 땀을 흘린 덕분일까.

선수들은 자존심을 내려놓고 금세 친해질 수 있었다.

그리고 그 효과는 다음 경기에서 여실히 드러났다.

하루의 휴식 시간을 가진 뒤 박찬오는 인천의 강호 송인대학교와 연습 경기를 주선했다.

한성대학교처럼 4강 팀은 아니지만 송인대학교는 짜임새 있는 공격력으로 주요 대회마다 8강에 입성하는 저력을 보이고 있었다.

그래서 내심 고교 선발팀을 한 수 아래로 보았다.

그러나 한성대학교를 상대로 호된 신고식을 치른 고교 대표 선발팀은 달라도 너무 달라져 있었다.

특히나 야수들의 분전이 눈부셨다.

득점은 고작 3점뿐이었지만 송인대학교 에이스를 상대로 자신들이 할 수 있는 최선을 다했다.

앞타자가 출루에 성공하면 뒷타자는 어떻게든 진루타를 쳐 내려 했다.

굳이 벤치에서 작전을 내지 않아도 선수들은 그 상황에서 무엇이 최선일지 판단하고 자발적으로 움직였다.

덕분에 안타 2개와 볼넷 2개를 엮어 3점을 쥐어짜 낼 수 있다.

투수들도 한성대학교전보다 확실히 안정적인 투구 내용을 보여주었다. 모든 투수가 제 몫을 다해 냈다는 점도 고무적이었다.

선발로 나선 성진우가 2.2이닝 1실점. 이승민이 2.1이닝 1실점. 송근영이 2이닝 무실점. 윤형진과 박진우, 이규환이

각 0.1이닝 무실점을 기록했다. 그리고 한정훈 역시 1이닝 무실점으로 호투했다.

한성대학교와의 경기처럼 상대 타자에게 지레 겁을 먹고 무너지는 투수는 한 명도 없었다.

다들 자신의 공을 믿고 힘껏 던졌다. 설사 안타를 맞고 위기 상황이 닥쳐도 크게 두려워하지 않았다.

박찬오도 교체 제한이 없는 룰을 최대한 활용해 투수들을 지원했다.

"정훈아, 부탁한다."

실점 위기의 순간마다 박찬오는 한정훈 카드를 꺼내 들었다.

그리고 한정훈은 세 번 마운드에 올라 전부 불을 끄고 내려왔다.

"나이스 피칭!"

"좋아! 좋아!"

덕분에 실점을 줄인 성진우와 이승민도 어느새 한정훈을 반기기 시작했다.

그저 운 좋게 대표팀에 합류했다는 이미지가 강했던 2학년 투수가 제 실력으로 팀의 주축이 되어버린 것이다.

투타의 하모니 속에 고교 대표 선발팀은 송인대학교에 3 대 2, 한 점 차 신승을 거두었다.

그리고 이어진 두 차례의 평가전에서 전부 승리하며 한일 고교야구 대항전의 워밍업을 끝마쳤다.

6

열흘간의 합숙 훈련이 끝나고 한국 고교야구 대표 선발팀은 출국 전 기자 회견을 가졌다.

기자 회견에는 박찬오와 최인섭, 그리고 협회 인사들이 참석했다.

모든 연습 경기가 비공식적으로 진행되었기 때문에 기자들은 앞다투어 훈련에 대한 성과를 질문했다.

그러나 박찬오는 특유의 느긋한 말투를 내세워 기자들의 날선 창에 대처했다.

"모든 선수가 열심히 훈련했습니다. 그리고 저는 선수들의 훈련 결과에 만족합니다. 일본 고교야구팀과의 경기는 해봐야 알겠지만 선수들이 합숙 훈련 때처럼만 해준다면 분명 좋은 성과가 있을 것이라고 확신합니다."

박찬오가 내던진 출사표가 언론을 통해 전국으로 퍼져 나갔다.

그사이 한국 고교야구 대표팀은 박찬오의 인솔하에 바다를 건너 도쿄에 도착했다.

14장
한일 고교 야구 대항전

1

하네다 공항을 통해 도쿄에 도착한 고교 대표팀은 곧바로 도쿄 하얏트 호텔로 이동했다.

하얏트 호텔에는 한국과 일본의 취재진이 일찍부터 모여 기자 회견을 기다리고 있었다.

문제는 이 기자 회견 시간이 사전에 예정됐던 것보다 2시간 빨리 잡혔다는 점이다.

“대관 문제로 어쩔 수 없이 시간을 앞당기게 됐습니다.”

“아니, 그 이야기를 이제 하면 어떻게 합니까?”

“미안합니다. 한국의 협회에는 공문을 보냈는데 전달이

좀 늦어진 모양입니다."

일본 측 대회 관계자가 웃으며 양해를 구했다. 그러나 말이 좋아 양해지 거의 통보나 다름없었다. 실제로 관계자의 표정 어디에도 미안함은 보이지 않았다.

"벌써부터 장난질 시작하네요."

최인섭이 어처구니없다는 표정을 지었다. 그러나 박찬오는 어느 정도 예상했다는 반응이었다.

"일본이 이러는 게 하루 이틀도 아닌데 뭘. 그리고 우리나라 기자들도 기다리고 있을 테니까 일단 가자."

박찬오는 동행한 협회 관계자에게 선수들의 인솔을 부탁하고 최인섭과 함께 기자 회견장으로 향했다.

대회 관계자는 투타를 대표해 선수 한 명씩 추가로 기자 회견에 참여하길 희망했지만 박찬오는 컨디션 조절을 핑계로 거절했다.

올봄에 3학년이 된 선수들은 국제 대회 참가 경험이 없었다. 괜히 기자 회견장에 앉혔다가 긴장하는 모습을 보이면 집요한 일본 언론의 표적이 될 수 있었다.

한일전 같은 국가 대항전을 앞둔 일본의 언론은 교활했다.

어지간한 인내심과 정신력으로는 일본 언론을 상대로 평정심을 유지하기조차 어려웠다.

다행히도 박찬오는 1년여간 일본에서 선수 생활을 한 경험이 있었다. 덕분에 극성스러운 일본 언론에 대한 내성을 가지고 있었다.

"일본 선수 중에서 주목해야 할 선수는 누구입니까?"

"이번 대회의 목표는 우승입니까? 자신 있습니까?"

"한국은 지난 세계 청소년 야구 선수권 대회에서 3위에 머물렀습니다. 그 이유가 뭐라고 생각하십니까?"

"한국과 일본, 양국 야구의 실력 차가 어느 정도라고 보십니까?"

쏟아지는 일본 기자들의 질문 속에서도 박찬오는 웃음을 잃지 않았다. 그러면서 직설적인 대답은 피했다. 한국을 앞세울 때는 일본을 함께 칭찬했다. 반대로 일본에 비해 부족한 점을 말할 때는 한국의 저력도 일본에 크게 뒤처지지 않는다는 사실을 분명히 했다.

"뭐야? 박찬오가 저렇게 달변가였어?"

"한국 협회에서 일본 기자들을 상대하는 방법이라도 가르치나 보지?"

박찬오가 생각 이상으로 선방하자 기자들의 시선이 최인섭에게 향했다. 그러나 최인섭은 일본어를 전혀 할 줄 몰랐다. 게다가 주최 측에서 배석시킨 통역사의 실력도 썩 훌륭하지 않았다.

그래서 최인섭은 질문의 의도가 명확하지 않거나 대답하

기 곤란한 질문들은 못 알아듣는 척 넘겨 버렸다. 보다 못한 일본 기자가 영어로 질문을 했지만 마찬가지. 미국을 떠난 지 오래되어서 영어를 잊어버렸다는 유쾌한 농담으로 해당 기자의 얼굴을 시뻘겋게 만들었다.

덕분에 3시간 가까이 진행된 기자 회견에서 일본 기자들이 건질 만한 건 하나도 없었다.

"애들 안 데려오길 잘했네요."

기자 회견장을 나서며 최인섭이 실실 웃어 댔다. 큰 덩치에 맞지 않은 얄팍한 웃음이 살짝 음흉해 보였지만 정작 당사자는 조금도 신경 쓰지 않았다.

"애들 데려왔으면 아마 내내 시달렸을 거야."

박찬오도 동의하듯 고개를 끄덕였다. 기자 회견에 익숙한 자신도 기가 빨리는 느낌인데 어린 선수들이 제대로 감당할 수 있을 리 없을 것 같았다.

하지만 한결 홀가분한 마음으로 돌아온 박찬오와 최인섭을 맞이한 건 뜻밖의 사고였다.

2

한국 고교야구 대표팀을 따라 입국한 협회 측 관계자는 총 세 명이었다.

최병곤, 김일수, 박진권.

그중 최병곤은 박찬오, 최인섭과 함께 기자 회견장으로 가면서 나머지 두 명이 스무 명의 선수들을 인솔하게 됐다.

원래 계획은 선수들을 먼저 방으로 들여보낸 뒤 기자 회견이 끝나고 나서 다시 모이는 것이었다. 그러나 아직 객실이 준비가 되지 않았다는 호텔 측의 말도 안 되는 변명 때문에 선수들은 로비 한편에 짐을 풀고 기다릴 수밖에 없었다.

"이것들이 일부러 이런 식으로 우리를 엿 먹이겠다 이거지?"

대기 시간이 길어지자 성격 급한 박진권이 프런트로 따지러 갔다. 그리고 얼마 지나지 않아 성진우가 식은땀을 삐질삐질 흘려 댔다. 아침부터 배가 아프다던 게 더 심해진 모양이었다.

"괜찮아? 급체한 거 아냐?"

다급해진 김일수는 성진우를 데리고 근처 병원으로 향했다. 그러면서 선수들에게 이 자리에서 꼼짝 말고 기다리라고 주문했다.

"나이스!"

"크흐흐! 자유다!"

보호자들이 전부 사라지자 선수들은 기다렸다는 듯이 핸드폰을 꺼내 들었다. 대표팀 규칙상 공공장소에서 핸드폰 사용 금지였지만 지금은 누구도 간섭할 사람이 없었다.

"야! 한 판 붙어."

"니가 내 기록을 깰 수 있을 것 같냐?"

선수들은 신이 나서 게임을 즐겼다. 그 모습이 꼭 단체로 PC방에 온 애들을 보는 것 같았다. 오죽했으면 호텔을 오가는 사람들이 힐끔힐끔 바라볼 정도였다.

"에효……."

한정훈도 살짝 눈살을 찌푸렸다. 마음 같아서는 한국 고교 야구 대표팀으로서 체면을 좀 지키라고 요구하고 싶었지만 그러기에는 선수들이 너무 어렸다.

"이 옷을 입어보는 게 소원인 이들이 얼마나 많은데……."

한정훈이 슬쩍 자신의 오른쪽 어깨를 내려다봤다. 그곳에는 원형의 태극기가 촘촘하게 박혀 있었다.

태극 마크.

대한민국의 대표 선수.

비록 고교야구에 한정되긴 했지만 대표 선수는 대표 선수였다. 과거의 한정훈에게 단 한 번도 허락되지 않은 영예로운 증표였다.

하지만 다들 고교야구에서 한 가닥씩 하던 입장이라서일까. 태극 마크의 무게감을 도통 모르는 눈치였다.

그때였다.

"에이, 화장실이나 갔다 와야겠다."

따분함을 참지 못하고 이승민의 자리에서 일어났다. 협회 직원이 있었다면 만류하거나 동행했겠지만 선수들은 그저 한 번 쓱 바라보고는 다시 핸드폰으로 시선을 옮겼다.

하지만 한정훈은 이승민이 신경 쓰였다. 나리타 공항에서부터 유독 들떠 있던 이승민을 혼자 보내는 게 왠지 불안해진 것이다.

"승민이 형, 일본어 할 줄 알아요?"

한정훈이 고개를 돌려 이승민을 바라봤다. 그러자 이승민이 걱정 말라며 핸드폰을 내밀었다.

"……?"

"어플 깔았잖아, 어플."

"무슨 어플이요? 설마 일본어 번역 어플이요?"

"그래, 여기에다 대고 이렇게 말하면 자동으로 일본어로 번역해 준다고."

이승민이 당당한 목소리로 말했다. 핸드폰 어플만 있으면 홀로 일본에 남아도 끄떡없다는 표정이었다.

"괜히 예쁜 여자들한테 말 걸다가 뺨 맞지 말고 저쪽에 직원한테 물어봐요."

한정훈이 저만치 정장을 입고 서 있는 직원을 가리켰다. 호텔 프런트 찾아가기보다는 직원에게 직접 물어보는 게 빠를 것 같았다.

그러나 정작 이승민의 눈에는 다른 게 보였다.

"오케이."

점퍼를 쓱 쓸어낸 뒤에 이승민이 어딘가로 걸음을 옮겼다. 그 방향 끝에는 짧은 교복을 입은 여학생이 한 명 서 있었다.

"나 참."

이승민의 속내를 알아챈 한정훈이 고개를 흔들어 댔다. 멀쩡한 직원을 놔두고 왜 굳이 여고생에게 화장실을 물어본단 말인가. 이해하고 싶어도 도저히 이해가 가지 않았다.

그런데…….

"꺄앗!"

이승민이 핸드폰을 쥔 채로 다가서자 여고생이 별안간 비명을 내질렀다. 그 비명 소리에 달려온 직원이 그대로 달려들어 이승민을 제압했다. 그 과정에서 이승민의 팔이 꺾였다.

"젠장할!"

한정훈은 냉큼 이승민에게 달려갔다. 그리고 이승민에게서 직원을 떼어 내려 했다.

하지만 덩치 큰 직원은 꿈쩍도 하지 않았다. 오히려 더욱 힘껏 이승민의 팔을 꺾었다.

한정훈이 다급히 스톱을 외쳤지만 소용없었다. 그럴수록 이승민의 비명 소리만 요란해졌다.

"뭐, 뭐야?"

"저거 승민이 아냐?"

"이 새끼들이!"

뒤늦게 상황을 알아챈 선수들이 우르르 몰려들었다. 그러자 호텔 측 직원들도 달려와 동료를 보호하듯 벽을 쳤다.

때마침 박진권이 돌아오지 않았다면 선수들과 직원들이 하얏트 호텔 로비에서 한바탕 드잡이질을 벌였을지도 모를 상황이었다.

"자, 잠깐만요!"

한정훈에게서 자초지종을 전해 들은 박진권이 투박한 일본어로 상황을 설명했다. 그제야 직원이 이승민의 팔을 풀어주었다.

"죄송합니다. 저희 직원이 큰 결례를 범했습니다."

보고를 듣고 달려온 호텔 측 관리자가 대신해 사과했다. 하지만 고작 사과만으로 끝나기에는 이승민의 상태가 좋지 않았다.

"괜찮아?"

"아악! 만지지 마요. 아파요."

"대체 팔을 얼마나 꺾어 놓은 거야!"

"아파요! 아프다고요!"

이승민은 좀처럼 팔을 들지 못했다. 게다가 꺾인 팔이 하필이면 공을 던지는 오른팔이었다. 단순 타박상이라면 다행이지만 상태가 심각할 경우 경기 출전은 물론 선수 생명까지 위험해질 수 있었다.

"아무래도 안 되겠다. 병원 가자."

박진권은 즉시 이승민을 데리고 호텔을 나섰다. 그리고 얼마 지나지 않아 김일수가 돌아왔다.

"뭐야? 승민이는 어디 갔어?"

"그게……."

"뭐? 승민이 팔이 꺾여? 그게 정말이야?"

김일수가 무겁게 한숨을 내쉬었다. 내부 회의를 통해 이승민을 첫 번째 경기 선발로 정해 놓은 상태였는데 다쳤다니. 이승민의 대타를 구해야 하는 처지가 되어버렸다.

이승민의 등판이 어렵다면 가장 유력한 후보는 당연히 성진우였다. 1경기 선발을 두고 마지막까지 경쟁했으니 성진우라면 이승민의 몫을 충분히 해낼 수 있었다.

문제는 그 성진우조차 제 컨디션이 아니라는 점이다.

"그런데 진우는 어디 있어요?"

"말도 마라. 그 녀석 급체해서 지금 입원시키고 왔다."

"입원이요?"

다행히 성진우는 체기가 있는 걸 제외하면 큰 문제는 없었다. 의사도 상태가 호전되면 바로 퇴원해도 상관없다고 말했다.

그러나 한 번 흐트러진 컨디션이라는 게 하루아침에 돌아오는 건 아니었다.

만에 하나 성진우의 컨디션이 빨리 회복되지 않는다면 고교 대표팀의 투수 운영에 큰 차질이 생길 수밖에 없었다. 이승민과 성진우는 대표팀이 자랑하는 원투 펀치였다. 그들 없이 일본의 코시엔 4강 팀을 상대로 선전을 기대하기란 쉽지 않아 보였다.

3

"대체 선수들 관리를 어떻게 한 겁니까!"

최인섭은 흥분을 감추지 못했다. 협회 직원이 두 명이나 있는데 사고를 막지 못했다는 게 도무지 이해가 가지 않았다.

그러나 억울한 건 협회 직원들도 마찬가지였다.

"그러게 코치들을 추가로 인선하자고 하지 않았습니까?"

"맞습니다. 코치를 두 명만 더 데려왔어도 이런 일이 생겼겠습니까?"

고교 대표팀의 출국 직전까지 협회에서는 박찬오에게 추가 코치 선임을 강력하게 권고했다. 국제 대회를 치르려면 적어도 세 명 이상의 코치가 필요했다. 하지만 박찬오가 선임한 코치는 최인섭 한 명뿐이었다.

협회는 자신들과 가까운 인사라고 해서 무조건 거부하는 건 모두에게 득이 될 게 없다고 강조했다. 하지만 박찬오는 협회의 요구를 단호히 거절했다. 친협회 성향의 코치들이 대표팀에 들어와 자신과 마찰을 빚는 꼴을 보고 싶지 않았던 탓이었다.

그 결과 예기치 못한 사고가 벌어졌다. 모든 게 꼬이고 꼬인 결과였지만 어쨌든 그 결과는 선수들을 인솔하는 어른들이 책임을 질 수밖에 없었다.

"승민이 상태는 좀 어떻습니까?"

박찬오가 박진권을 바라봤다. 그러자 박진권이 땅이 꺼져라 한숨을 내쉬었다.

"크게 상한 곳은 없다고 합니다. 의사 말로는 조금 삔 것뿐이라는데 이삼일 정도 쉬면 좋아질 거라고 했습니다."

다행히도 이승민의 검진 결과는 최악을 면했다. 직원과 몸싸움을 벌이는 과정에서 이승민이 힘으로 버텼다면 더 큰 부상을 입었겠지만 일방적으로 제압당한 터라 큰 부상은 피할 수 있었다.

그렇다 하더라도 이승민을 선발 투입하는 건 당분간 어려워 보였다. 이승민과 성진우, 송근영을 선발로 내세우려던 박찬오의 계획이 벌써부터 틀어진 것이다.

"일단 첫 경기는 근영이를 내보내는 게 좋겠습니다."

최병곤이 어쩔 수 없다는 투로 말했다. 선수 출전권은 엄연히 감독인 박찬오에게 있지만 상황이 상황인 만큼 관계자로서 참견해야겠다는 투였다.

실제로 이승민이 부상을 당하고 성진우마저 컨디션이 좋지 않은 상황에서 믿을 수 있는 건 송근영밖에 없었다.

“문제는 그다음 경기부터입니다. 성진우야 곧 컨디션이 돌아오겠지만 선발 두 명만으로 대항전 일정은 무리 아닙니까.”

김일수가 한숨을 내쉬었다. 당초 고교 대표팀을 최대한 배려해 경기 일정을 조정하겠다는 말과는 달리 주최 측에서 내민 일정표는 상당히 불규칙했다.

13일 제1경기, 한국 고교야구 대표팀 대 도카이대학 사가미고교.
16일 제1경기, 한국 고교야구 대표팀 대 오사카 토인고교.
17일 제2경기, 한국 고교야구 대표팀 대 쓰루가케이고교.
19일 제1경기, 한국 고교야구 대표팀 대 센다이 이쿠에이고교.
21일 제1경기, 한국 고교야구 대표팀 대 일본 고교 선발 대표팀.
23일 5, 6위전.
24일 3, 4위전.
25일 1, 2위전.

경우에 따라서는 선발 두 명을 돌려쓰며 최대한 버틸 수도 있었다. 하지만 그렇게 되면 국가 대항전에서 고교 선수를 혹사시킨다는 비난을 피하기 어려웠다. 경기력을 최대한 끌어내기 위해서라도 애초 계획대로 3선발 체제를 유지하는 게 최선이었다.

"승민이가 돌아온다고 해도 선발은 무리일 테니까 박진우하고 역할을 바꾸는 게 좋겠습니다."

박진권도 한마디 거들었다. 이승민의 부상 부위가 심상치 않은 만큼 투입을 고려한다면 선발보다 불펜이 나았다.

그렇다면 이승민의 빈자리는 같은 우완인 박진우로 대체하는 게 나아 보였다. 이승민에 비하긴 어렵지만 박진우도 고교 우완 투수들 중에서는 첫손가락 안에 꼽히는 투수였다.

"형진이를 선발로 써도 나쁘지는 않겠죠. 일본은 전통적으로 좌완 투수에게 좀 약했으니까요."

최병곤은 같은 지역 출신의 윤형진을 밀었다. 어차피 이승민과 성진우, 송근영을 제외하고 선발이 가능한 인원이라고는 박진우와 윤형진밖에 없는 상황이었다.

"박 감독님 생각은 어떠십니까?"

김일수가 박찬오의 뜻을 물었다. 박진우와 윤형진. 두 선수 모두 협회에서 인정받고 있는 투수인 만큼 박찬오가 둘 중 누구를 고른다 하더라도 크게 문제될 건 없어 보였다.

하지만 박찬오가 내심 결정한 투수는 따로 있었다.

"박진우와 형진이도 좋지만 제 생각에는 정훈이가 더 나을 것 같습니다."

애당초 한정훈은 이승민과 함께 강력한 1선발 후보였다. 다만 한정훈을 선발로 돌릴 경우 불펜에서 확실하게 믿음을 줄 수 있는 투수가 없다는 게 문제였다.

그래서 박찬오는 고심 끝에 한정훈을 필승조로 투입하고, 송근영에게 선발 기회를 주었다. 박찬오의 뜻을 이해한 한정훈도 흔쾌히 그 결정을 받아들였다.

박찬오는 원투 펀치 노릇을 해주어야 하는 이승민과 성진우에게 문제가 생긴 이상 한정훈을 다시 선발로 돌리는 게 최선이라고 생각했다. 그러나 그런 속사정을 알지 못하는 협회 관계자들은 부정적인 반응을 쏟아냈다.

"누구요?"

"감독님, 다시 한 번 생각해 보세요."

"한정훈이라니요? 예비 선수로 뽑은 2학년 투수를 선발로 내세운단 말입니까?"

한정훈이 대학야구팀들과의 경기에서 호투했다는 이야기는 관계자들도 익히 들어 알고 있었다. 그러나 그건 어디까지나 연습 경기일 뿐이었다. 대학야구팀이 고교 대표팀을 상대로 얼마나 열심히 싸웠겠는가. 그런 의미 없는 연습 경기 결과보다는 지금까지 고교 리그에서 보여준 성적을 토대로 선수를 평가하는 게 당연한 일이었다.

“정훈이가 던지는 거 보고 하시는 말씀입니까?”

보다 못한 최인섭이 나서서 한마디 했다. 그러나 협회 관계자들은 눈 하나 까딱하지 않았다.

“최 코치, 국가 대항전입니다.”

“2학년 투수를 내세웠다가 대패라도 하면 최 코치가 책임질 겁니까?”

“체력적으로 정신적으로 미성숙한 투수입니다. 분명 선발 등판이 독이 될 겁니다.”

세 사람이 입을 모아 반박했다. 마치 이런 식으로 훼방을 놓기 위해 박찬오와 대표팀을 따라오기라도 한 것처럼 말이다.

하지만 박찬오도 선입견을 가지고 자신들의 주장만 내세우는 협회 관계자들과 입 아프게 실랑이하고 싶은 생각이 없었다.

“일단 16일 경기에 정훈이를 선발 등판시키겠습니다. 토인 고교가 그나마 해볼 만한 상대니까 별문제 없을 겁니다.”

박찬오가 단호한 목소리로 말했다. 코시엔 4강 팀 중에 약한 팀은 없겠지만 그나마 토인 고교의 전력이 가장 약한 편에 속했다. 한정훈의 실력이라면 별 부담 없이 안정적인 투구를 펼칠 수 있을 터였다.

그러나 협회 관계자들은 고개를 흔들어 댔다. 협회 입장에서 한정훈의 선발 등판을 막을 수 없다면 가장 까다로운 경기에 출전시키는 게 최선이었다.

“그렇다면 사가미고교전에 출전시켜야지요.”

“어차피 승민이의 대타 아닙니까? 승민이가 사가미고교전 선발이었으니 한정훈이 대신 나가는 게 맞는 것 같습니다.”

“제 생각도 같습니다.”

도쿄에 인접한 가나가와 현의 도카이대학 부속 사가미고등학교는 일본 고교야구에서도 손꼽히는 강팀이었다. 올해도 이쿠에이고등학교를 제치고 봄의 코시엔(선발 고등학교 야구대회)을 차지한 상황이었다.

협회의 전략 분석에 따르면 이승민이나 성진우라 하더라도 사가미고등학교를 상대로 승리를 장담하기는 어려웠다. 하물며 경험이 턱없이 부족한 한정훈이라면 일본의 수준 높은 야구를 감당하지 못하고 제풀에 무너질 가능성이 컸다.

“알겠습니다. 정훈이를 사가미전에 등판시키겠습니다. 대신 정훈이가 호투한다면, 그 이후로는 선수기용에 대해 그 어떤 말도 나오지 않았으면 좋겠습니다.”

박찬오가 흔쾌히 협회 측의 제안을 받아들였다. 협회 관계자들의 꼼수가 마음에 들진 않았지만 한정훈을 선발로 활용하는 게 중요하지 상대 팀이 누구인지가 중요한 게 아니었다.

그러나 협회 관계자들은 궁지에 몰린 박찬오가 자충수를

두었다고 여겼다. 그것은 일본 측 관계자들도 마찬가지였다.

4

다음 날.

고교 대표팀 선수단은 고시엔이 있는 효고현으로 이동했다. 한일 고교 대항전이라는 타이틀답게 대회의 모든 경기는 일본 고교야구의 성지라 불리는 고시엔에서 치러질 예정이었다.

첫날 일정은 성대한 개회식으로 대체되었다. 한국에서는 큰 관심을 불러일으키지 못했지만 고교야구가 어마어마한 인기를 끌고 있는 일본은 달랐다. 5천여 명의 관중과 수많은 언론사가 몰려들어 고시엔을 후끈 달궈 놓았다.

그리고 그다음 날. 만원 관중이 들어찬 고시엔에서 한국 고교야구 대표팀과 도카이대학 부속 사가미고등학교 간의 한일 고교 대항전, 첫 번째 경기가 열렸다.

경기 시작 전 전광판을 통해 출전 선수 명단이 발표됐다.

"저기 봐! 스기자키가 4번이야!"

"뭐야? 결승전 라인업 그대로잖아? 한국 팀을 상대로 너무한 거 아냐?"

대부분의 관중은 사가미고등학교의 출전 선수 명단에 관

심을 보였다. 한국 고교야구 대표팀에 대해 알려진 게 거의 없다 보니 누가 나오든 신경 쓰지 않았다.

반면 사전에 한국 고교야구 대표팀에 대한 분석을 마친 일본 기자들의 반응은 달랐다.

“뭐야? 선발이 이상하잖아. 이승민 아니었어?”

“한정훈이라면…… 등 번호 16번이잖아.”

“그래, 한국 팀에 유일한 2학년 투수. 그런데 왜 이 선수가 선발인 거야?”

일본 기자들은 사가미고교전 선발을 이승민으로 알고 있었다. 박찬오가 기자 회견장에서 슬쩍 언질을 주었기 때문이다.

그런데 정작 전광판에 찍힌 이름은 이승민이 아니었다.

한정훈.

공식 기록이라고는 봉황기밖에 없는 2학년 투수의 이름이었다.

“왜 한정훈이 나온 거야?”

“그야 나도 모르지. 이승민의 컨디션이 별로일 수도 있고. 아니면…….”

“아니면?”

“사가미고교전은 부담스러우니까 에이스를 아끼려는 건지

도 모르고."

한일 고교야구 대항전은 이제 시작이었지만 일본 기자들 사이에서는 사가미고등학교가 1위로 결승에 오를 것이라는 예상이 지배적이었다. 그만큼 올해 사가미고등학교는 무서웠다. 투수력은 조금 아쉬웠지만 매 경기 맹타를 휘두르는 타선의 힘은 역대 최강이라는 표현이 아깝지 않을 정도였다.

그런 사가미고등학교의 맹폭 타선을 상대하기 위해서는 한국에서도 수준급 투수를 내세워야 했다. 하지만 한국 고교야구 수준상 누구를 내세운다고 해도 사가미고등학교의 타선을 잠재울 가능성은 작았다. 그렇다 보니 다들 박찬오가 꼼수를 부리는 것이라고 여겼다.

"하긴, 사가미전만 잘 넘기면 2위까진 가능할지도 몰라."

"토인이나 쓰루가케이는 타선이 약하니까. 에이스를 아끼는 게 낫지."

"이쿠에이의 방망이도 화끈하지 않아?"

"이쿠에이는 좌투수에게 확실히 약하니까. 그 경기는 성진우를 내보내지 않을까?"

"하! 박찬오가 제대로 머리를 썼는데?"

어느새 일본 기자들의 관심은 다음 경기 쪽으로 넘어가 있었다. 박찬오가 2학년 투수를 내세운 만큼 사가미전의 결과는 보지 않아도 뻔하다는 반응이었다.

"허, 이 녀석들. 우리 정훈이를 너무 무시하는데?"

일본 기자들 사이에 앉아 있던 최일식이 어처구니없다는 표정을 지었다. 기자들 중 누구라도 한정훈에 대해 물어본다면 친절하게 설명을 해줄 생각이었는데 선입견에 휩싸여 헛소리를 늘어놓는 걸 보니 그럴 마음이 싹 사라져 버렸다.

"그런데 선배, 정훈 선수가 정말 잘할까요?"

일본까지 따라온 한예리가 초조한 얼굴로 말했다. 일본이 자랑하는 고시엔 구장이다. 그곳에 한국의 고교야구에서는 찾아보기 어려울 만큼 많은 관중이 들어차 있었다.

이런 상황에서 갑작스럽게 선발로 등판해 공을 던져야 하는 한정훈의 부담감은 어마어마할 것 같았다. 만약 그 부담감을 이겨 내지 못한다면, 일본 기자들이 떠드는 것처럼 실망스러운 결과가 나올 수도 있을 것 같았다.

그러나 최일식은 걱정 없다는 반응이었다.

"그 녀석은 한국 시리즈 7차전에 마무리투수로 올려도 눈 하나 깜짝 안 할 놈이야. 두고 봐. 초구부터 155㎞/h를 찍을 테니까."

천천히 마운드에 오르는 한정훈을 바라보며 최일식이 예언하듯 중얼거렸다.

그런 최일식의 말을 듣기라도 한 것일까.

퍼어엉!

한정훈의 초구가 순식간에 포수 미트 속으로 빨려 들어갔다.

그리고 잠시 후.

156㎞/h.

전광판에 찍힌 구속이 고시엔을 술렁이게 만들었다.

"제법 빠르군."

한정훈의 초구를 지켜본 사가미고등학교 미치다 감독의 반응은 덤덤했다.

한정훈이 고등학교 2학년인 걸 감안했을 때 156㎞/h라는 패스트볼의 구속은 상당히 빠른 편이었다. 하지만 일본 고교야구 전체를 놓고 보자면 이야기는 달랐다.

고시엔을 밟은 고교야구팀 대부분이 155㎞/h의 패스트볼을 던지는 투수를 한 명 이상 보유하고 있었다. 오타니 쇼헤라는 슈퍼스타의 등장이 구속보다 제구를 강조하던 일본 야구계의 트렌드를 바꿔 놓은 것이다.

실제 사가미고등학교가 자랑하는 에이스 혼다도 155㎞/h대의 포심 패스트볼을 던질 줄 알았다. 제구를 위해 150㎞/h 수준으로 공을 억눌러 던졌지만 쇼맨십이 필요한 상황에서는 언제든지 그 이상의 구속을 뽑아낼 수 있었다.

미치다 감독은 한정훈이 일종의 기선 제압을 위해 초구를 던진 것이라 여겼다. 그리고 고작 저런 쇼맨십에 빠져 있는 투수라면 어렵지 않게 끌어내릴 수 있다고 확신했다.

사가미고등학교의 1번 타자는 나스히로 유키. 봄의 코시엔에서 13안타와 16득점을 기록한 공격의 첨병이었다.

좌타자라는 이점과 빠른 발. 외야 전 포지션을 뛸 수 있는 수비 능력과 강한 어깨까지. 나스히로는 장타력을 제외한 모든 걸 갖춘 선수였다. 테이블 세터가 약한 프로 구단에서 벌써부터 군침을 흘려 댈 정도였다.

특히나 나스히로는 패스트볼에 강점을 보였다. 변화구 대처 능력도 좋지만 빠르고 간결한 스윙으로 160㎞/h의 공도 우습게 공략해 냈다.

그런 나스히로가 타석에 서 있으니 마치다 감독이 걱정할 건 하나도 없었다.

"한국 투수들은 하나같이 겁이 없군."

등받이에 커다란 몸을 기대며 마치다 감독은 관객처럼 느긋하게 경기를 지켜보았다. 그는 내심 2구째도 패스트볼이 날아들길 바랐다. 그 공을 때려 나스히로가 포문을 열어준다면 잠시 고요해진 고시엔을 다시 왁자지껄하게 만들 수 있을 것 같았다.

그런데…….

퍼어엉!

퍼어엉!

2구째에 이어 3구째에도 패스트볼이 들어왔건만 나스히로는 타석에 선 채 꼼짝도 하지 않았다.

"뭐지?"

마치다 감독이 슬그머니 몸을 세웠다. 2구는 바깥쪽에 빠지는 공이었다 해도 3구는 분명 나스히로가 가장 좋아하는 몸 쪽 낮은 코스였다. 그 코스로 들어오는 패스트볼을 잡아당겨 1, 2루 간을 꿰뚫는 게 나스히로의 전매특허였다.

그런데 정작 나스히로는 멍하니 공을 지켜봤다. 치지 않은 게 아니라 꼭 치지 못한 것처럼 말이다.

"저 녀석, 대체 뭐 하는 거야!"

미치다 감독이 버럭 소리를 내질렀다. 믿었던 나스히로가 이대로 허무하게 물러나면 경기 초반의 분위기가 한국 팀에 넘어가게 될 수 있었다.

하지만 애석하게도 미치다 감독의 고함 소리는 나스히로에게 닿지 못한 모양이었다. 한정훈이 4구째 던진 바깥쪽 체인지업에 나스히로가 맥없이 헛스윙 삼진으로 물러난 것이다.

"멍청한 녀석."

고개를 숙이고 들어오는 나스히로를 바라보며 미치다 감독이 못마땅한 표정을 지었다. 3구째 패스트볼을 놓쳐 버렸으니 상대의 노림수에 당한 것이다. 그 패스트볼만 공략했더라도 허무하게 삼진을 먹지는 않았을 터였다.

그러나 나스히로도 3구를 놓치고 싶어서 놓친 게 아니었다.

"뭐야? 너답지 않게 왜 그랬어? 관중석에 예쁜 여고생이라도 있었던 거야?"

스기자카가 자신의 옆자리로 돌아온 나스히로를 놀려 댔다. 아주 가끔 삼진을 먹을 때마다 나스히로는 관중석에 예쁜 여고생이 왔다는 핑계를 대곤 했다.

하지만 정작 나스히로는 입을 꾹 다물고 있었다. 놀랍게도 그의 눈동자는 분노로 이글거리고 있었다. 스스로에게 무척이나 화가 난 것처럼 말이다.

"뭐, 뭐야? 왜 그래?"

스기자카의 얼굴에서 장난기가 사라졌다. 1학년 초 선발결정전에서 탈락한 이후로 나스히로가 이렇게 심각한 적은 처음이었다.

4번 타자인 스기자카가 사가미고등학교를 대표하는 타자로 활약하고 있지만 실제로 팀을 이끄는 건 나스히로였다. 코시엔 결승전에서 나스히로가 이쿠에이 고교의 에이스인 쇼타의 159㎞/h짜리 패스트볼을 통타해 3루타를 만들어내지 않았다면 자색의 우승기는 사가미가 아니라 이쿠에이의 차지가 됐을 공산이 컸다.

그런 나스히로가 신음조차 삼키며 분해하고 있었다. 언제나 유쾌한 농담으로 더그아웃의 분위기를 이끌던 녀석이 말이다.

"저 녀석이……!"

스기자카가 매서운 눈으로 한정훈을 노려봤다. 그러고는 복수라도 하려는 듯 자신의 방망이를 집어 들었다.

하지만 애석하게도 그 기회는 다음 이닝으로 미뤄지고 말았다.

삼자범퇴.

2번 타자와 3번 타자가 내야 땅볼로 물러나면서 1회 초 공격이 끝나 버린 것이다.

"젠장할!"

자신이 타석에 들어설 기회가 사라지자 스기자카가 빠득 이를 갈았다. 그러자 선발로 예정된 오노가 스기자카를 달랬다.

"스기자카, 진정해. 이번 이닝 10구 만에 끝내 버릴 테니까."

오노가 자신만 믿으라며 호언장담했다. 비록 1선발은 아니지만 수준 낮은 한국의 고교야구 대표팀을 상대로 10구 이상 공을 던질 생각은 없었다.

그리고 결과적으로 오노는 자신이 한 말을 지켰다. 10구 만에 고교 대표팀의 1, 2, 3번을 범타로 처리해 버린 것이다.

"와우, 저 녀석도 장난 아닌데요?"

오노의 투구를 지켜보던 최인섭이 혀를 내둘렀다. 포심 패스트볼의 구속은 150km/h에 미치지 못했지만 홈 플레이트 앞에서 뚝뚝 떨어지는 포크 볼에 타자들의 방망이가 헛돌고 있었다.

하지만 박찬오는 크게 걱정하지 않았다. 시간이 지나면 타자들도 오노의 공에 적응할 것이라 판단한 것이다.

한정훈에게 자극을 받은 탓인지 오노는 1회부터 포크 볼 구사 비율이 높았다. 10구 중 5구나 포크 볼을 던졌다. 저런 식으로 간다면 5회를 넘기지 못하고 포크 볼의 구위가 뚝 떨어질 가능성이 컸다.

빠르면 4회 늦어도 6회. 타자들이 고시엔에 적응하면서 오노의 구위가 떨어지는 시점에 득점 기회가 만들어질 가능성이 컸다. 그때 타자들이 집중해 점수를 뽑아내 준다면 오늘 경기는 충분히 승산이 있어 보였다.

문제는 마운드에 선 한정훈이 얼마만큼 버텨 주느냐는 것이다.

합숙 훈련 후반부터 박찬오는 한정훈을 불펜 투수로 활용할 계획을 세웠다. 한정훈도 그런 박찬오의 판단에 전적으로 동의했다.

이규환을 제외한 나머지 투수들은 팀의 주축 선발투수였

다. 그렇다 보니 불펜 대기 경험이 적었다. 승부처에 투입하기에는 몸이 늦게 풀리는 경향도 있었다. 게다가 선발과 계투의 차이를 몰랐다. 계투로 올라와서 선발처럼 공을 던지는 경우가 대부분이었다.

일곱 명의 투수 중 계투로 안정적인 투구를 선보인 건 이규환과 한정훈밖에 없었다. 그중에서도 사이드암인 이규환의 활용도는 제한적이었다. 그렇다 보니 한정훈 이외에는 선택의 여지가 없었다.

한정훈도 생에 처음으로 태극 마크를 단 기념으로 팀에 헌신할 생각이었다. 그래서 연투가 가능하도록 출국 전까지 컨디션을 조절해 놓은 상태였다.

하지만 생각지도 못했던 이승민과 성진우의 이탈로 인해 박찬오의 계획은 전부 꼬여 버렸다. 궁지에 몰린 박찬오는 한정훈을 다시 선발로 돌릴 수밖에 없었다. 믿을 만한 선발이 없는 상황에서 한정훈을 불펜으로 활용한다는 것 자체가 무의미한 일이었다.

다행히도 한정훈은 1회 초 사가미의 공격을 가볍게 틀어막았다. 협회 측의 강요로 컨디션 조절도 하지 못하고 일본 측의 농간으로 불펜 피칭조차 하지 못했지만 전광판에 찍힌 구속이 말해주듯 한정훈의 공은 좋았다.

그러나 그 공이 언제까지 유지될지는 미지수였다.

한계 투구 수는 60개 전후.

'정훈이가 5회 까지만 버텨 주면 좋으련만…….'

1회부터 오버 페이스를 하는 것 같은 한정훈의 모습이 박찬오는 그저 불안하기만 했다.

하지만 박찬오의 걱정처럼 한정훈이 무턱대고 구위를 끌어 올린 건 결코 아니었다. 오히려 모든 게 계획된 투구였다.

경기 시작 전부터 한정훈의 목표는 명확했다.

투구 수를 절약해 최대한 이닝을 끌고 가자.

목표는 7회까지 버티는 것이었지만 가능하다면 완투도 욕심내 볼 생각이었다.

1회 사가미고등학교의 1, 2, 3번 타자를 상대로 한정훈이 던진 공은 8개에 불과했다. 이 페이스대로라면 7회까지 60구 이내로 마무리 지을 수 있었다.

물론 사가미고등학교의 모든 타자를 범타로 유도하기란 쉽지 않았다. 특히나 사가미고등학교의 공격을 이끄는 1번 타자 나스히로와 4번 타자 스기자카는 만만치 않았다. 조금이라도 방심했다간 도리어 위기를 맞을 수 있었다.

그래서 한정훈은 나스히로와 스기자카만큼은 제대로 상대해 줄 생각이었다. 이 둘의 기세를 꺾는다면 활화산 같은 사가미고등학교의 방망이도 충분히 잠재울 수 있다고 여겼다.

그리고 계획대로 한정훈은 나스히로를 4구 만에 삼진으로 돌려세우며 사가미고등학교의 예봉을 꺾었다. 하지만 아직 방심하기에는 일렀다. 2회 초 시작과 동시에 고시엔의 홈런 왕, 스기자카가 타석에 들어섰기 때문이다.

타율은 2할대 중반으로 낮은 편이지만 그것만으로 스기자카의 가치를 판단하는 사람은 아무도 없었다. 스기자카의 진정한 가치는 바로 한 방 능력. 10개의 안타 중 5개가 홈런일 만큼 스기자카의 파괴력은 매서웠다. 벌써부터 장타력만 놓고 봤을 때 프로에서도 통할 수준이라는 평가가 나돌 정도였다.

게다가 스기자카는 배드 볼 히터였다. 코스와 관계없이 공이 눈에 들어오기만 하면 무작정 방망이를 휘두르며 투수를 위협했다.

이런 스타일의 타자를 상대로 도망가는 피칭을 해봐야 득이 될 건 하나 없었다. 괜히 투구 수만 늘어나고 정신력만 고갈될 뿐이었다.

그래서 한정훈은 초구부터 스기자카가 좋아하는 공을 던져 주기로 마음먹었다. 물론 그렇다고 해서 맞아줄 생각은 추호도 없었다.

'어디 한 번 쳐봐라.'

언론에 따르면 스기자카가 가장 좋아하는 공은 한가운데

높은 공이라고 한다. 어쩌면 당연한 소리일지도 몰랐다. 한가운데 높은 공처럼 장타를 쳐내기 좋은 공도 없었다.

하지만 실제로 한가운데 높은 공을 공략한다는 건 생각만큼 쉬운 일이 아니었다. 판단이 조금만 늦어도 제대로 된 히팅 포인트를 가져가기 어려웠다.

프로에서도 높은 코스의 패스트볼은 장거리 타자를 유혹하는 최고의 유인구로 빈번하게 활용되었다. 그리고 마무리 투수 시절, 한정훈은 그 유인구를 대담하게 잘 던지기로 정평이 나 있었다.

"후우……."

천천히 숨을 고른 뒤 한정훈이 이만호의 미트를 바라봤다. 그리고 미트를 향해 있는 힘껏 공을 내던졌다.

후아앗!

매섭게 날아든 공이 한복판으로 날아들었다. 그러나 초구부터 자신이 가장 좋아하는 공을 던져 줄 것이라고는 생각지 못했던 스기자카는 제 타이밍에 방망이를 내밀지 못했다.

퍼엉!

요란한 포구음과 함께 공이 미트에 꽂혔다.

"스트라이크."

잠시 머뭇거리던 심판이 오른손을 들어 올렸다. 미묘하긴 했지만 스트라이크존 상단에 아슬아슬하게 공이 걸쳤다고 판단한 것이다.

"크으으."

스기자카가 이를 악물었다. 타이밍도 늦었지만 코스가 높아 일부러 내버려 뒀는데 재수 없게 스트라이크 판정을 받았으니 짜증이 치밀어 올랐다.

그러나 한정훈의 초구가 그저 운이 좋아 스트라이크 콜을 받은 건 결코 아니었다.

"그럼, 잡아줘야지. 아까 저 녀석 공도 잡아줬으니까."

한정훈이 당연하다는 표정을 지었다. 1회 말 오노가 던진 포크 볼은 더 높은 궤적에서 떨어졌는데도 심판은 스트라이크를 선언했다. 그렇다면 자신이 던진 초구도 스트라이크로 인정받아야 했다. 오늘 경기에서 심판들이 대놓고 편파 판정을 할 게 아니라면 말이다.

로진 백을 가볍게 털어낸 뒤 한정훈은 이만호의 사인을 기다렸다. 그러자 이만호가 손가락 세 개를 편 뒤에 한가운데로 미트를 들어 올렸다.

"짜식."

한정훈이 피식 웃으며 고개를 끄덕였다. 그리고 곧장 스기자카를 향해 공을 던졌다.

후앗!

손끝을 빠져나간 공이 다소 높은 궤적을 그리며 날아갔다.

순간 체인지업이라 여겼던 스기자카의 어깨가 움찔하고 움직였다. 하지만 정작 공은 체인지업보다 훨씬 느리게 날아왔다.

너클 커브.

퍽!

홈 플레이트 앞에서 너울대던 공이 그대로 이만호의 미트 속에 안겨들었다.

"스트라이크!"

미트의 위치를 확인한 심판이 스트라이크를 외쳤다. 커브의 궤적이 다소 높긴 했지만 공은 스트라이크존 한가운데에 들어왔다. 생중계가 되고 있는 상황에서 이 공을 외면하기란 쉽지 않았다.

"크으으!"

스기자카가 또다시 이를 악물었다. 설마하니 이 타이밍에 너클 커브가 들어올 것이라고는 생각지도 못한 반응이었다.

하지만 덕분에 한정훈은 스기자카를 요리하기가 편해졌다.

굳이 들여다보지 않아도 스기자카의 머릿속은 복잡할 수밖에 없었다. 150㎞/h를 상회하는 포심 패스트볼과 120㎞/h에도 미치지 못하는 너클 커브의 괴리는 상당했다.

게다가 아직 경험하지 못한 체인지업까지 대비를 해야 하는 상황이었다. 제아무리 배드 볼 히터라 하더라도 이런 상황에서 제대로 된 타격 포인트를 가져가긴 어려웠다.

'굳이 시간 끌 것 없이 빨리 끝내는 게 낫겠지.'

한정훈이 눈을 빛냈다. 그런 한정훈의 속내를 읽기라도 한 듯 이만호가 바깥쪽에 떨어지는 체인지업을 요구했다.

가볍게 고개를 끄덕인 뒤 한정훈은 힘차게 공을 뿌렸다.

후아앗!

포심 패스트볼처럼 뻗어 나간 공이 홈 플레이트 바깥쪽을 향했다. 그러자 스기자카가 다급히 방망이를 휘둘렀다. 원하는 코스는 아니더라도 어떻게든 걷어내 볼 속셈이었다.

하지만 날아들던 공은 스기자카를 놀리기라도 하듯 갑자기 뚝 하고 떨어져 버렸다. 스기자카가 뒤늦게 허리를 멈춰 세우며 버텨 봤지만 소용없었다. 홈 플레이트를 지난 방망이의 헤더는 1루심의 눈에 선명하게 들어온 뒤였다.

포구와 동시에 이만호는 1루심을 가리켰다. 그러자 1루심이 살짝 미간을 찌푸리고는 주먹을 들어 올렸다.

"스트라이크, 아웃!"

1루심의 사인을 확인한 심판이 아웃을 선언했다.

3구 삼진.

사가미가 자랑하는 나스히로와 스기자카가 동시에 침몰하는 순간이었다.

4번 타자 스기자카가 3구 삼진으로 물러나자 5번 타자는 바짝 긴장한 모습을 보였다. 한정훈이 스기자카처럼 몰아붙

인다면? 솔직히 감당할 자신이 없었다.

그러나 한정훈은 그렇게 매정한 투수가 아니었다.

"옜다. 때려라."

한정훈은 초구에 가운데로 몰리는 듯한 체인지업을 던져 주었다.

공이 눈에 들어오자 타자는 성급하게 방망이를 돌렸다. 스기자카처럼 농락당하고 싶지 않다는 조바심이 판단력을 흐트러뜨린 것이다.

따악.

방망이 밑동에 맞은 타구는 정확하게 3루수 앞으로 굴러갔다. 평범한 땅볼이었기 때문에 3루수로 선발 출장한 휘명고등학교 강동수는 어렵지 않게 타구를 처리했다.

뒤이어 타석에 등장한 6번 타자도 2구째 패스트볼을 건드려 포수 파울 플라이로 물러났다. 공이 너무 높게 치솟아 이만호가 잠시 타구를 놓쳤지만 한정훈의 정확한 콜 플레이에 몇 걸음 움직이지 않고 공을 잡아냈다.

"한국 투수에게 질 순 없지."

한정훈이 호투를 펼치자 사가미고등학교의 선발 오노도 이를 악물었다. 결정구인 포크 볼을 늘려 한국 팀의 4, 5, 6번을 모두 범타로 처리했다.

양 팀 선발투수의 호투는 5회까지 이어졌다. 한정훈은 나스히로와 스기자카에게 또다시 삼진을 뽑아내며 사가미의 공격을 꽁꽁 틀어막았다. 오노도 한국 대표팀 타선을 상대로 삼진 7개를 올리며 밀리지 않는 모습을 보여주었다.

그러나 6회를 앞둔 시점에서 한정훈과 오노의 투구에 대한 평가는 극명하게 엇갈리고 있었다.

“저 한국 투수, 영악해.”

“어떻게 저런 녀석이 한국에 있을 수 있지?”

생각지도 못했던 한정훈의 호투에 일본 기자들은 하나같이 고개를 흔들어 댔다.

한정훈의 투구는 기록으로만 봐도 대단했다. 5이닝 동안 16타자를 상대하면서 삼진 4개를 뽑아냈다. 피안타는 단 1개. 그것도 2번 타자의 기습 번트가 안타로 이어진 것뿐이었다.

7개의 삼진을 잡은 오노와 비교했을 때 임팩트가 약해 보일수도 있었지만 내용을 들여다보면 정반대였다. 한정훈은 사가미를 대표하는 두 타자, 나스히로와 스기자카를 완벽하게 제압했다. 그러면서 나머지 타자들은 최대한 맞춰 잡으며 유연한 투구를 선보였다.

투구 수 42개.

문제의 번트 안타가 없었다면 투구 수는 40개 아래로 줄어들었을지 몰랐다.

그만큼 한정훈은 효율적으로 사가미 타선을 상대했다. 그러면서도 위기는 단 한 차례도 보여주지 않았다.

기록지만 놓고 보자면 분명 압도적인 투구는 아니었다. 하지만 그 내용을 들여다보면 압도하다 못해 압살하고 있다고 봐도 무방했다.

현재까지 이닝당 투구 수는 8.4개. 타석당 투구 수는 2.6개.

아직 4회가 남아 있긴 하지만, 이 황당한 기록의 희생양이 고시엔의 정상에 오른 사가미고등학교라고 말한다면 그 누구도 믿지 않을 것 같았다.

반면 오노의 기록지는 한정훈보다 화려했다. 탈삼진 7개를 잡아내는 동안 안타는 2개에 그쳤다. 사사구도 1개뿐이었다.

하지만 기록의 이면을 들여다보면 불안했다. 일단 투구 수가 너무 많았다. 18타자를 상대로 벌써 90구를 던졌다. 3회까지는 48구로 그럭저럭 괜찮았는데 4회와 5회 투구 수가 대폭 늘었다. 결정구인 포크 볼이 제구가 되지 않으면서 커트되는 공이 많아진 탓이었다.

그래도 5회까지는 어떻게든 막아내긴 했지만 6회부터가 걱정이었다. 6회 말 한국 타선은 1번부터 시작이었다. 두 번째 타석에서 오노를 상대로 안타를 때린 1번 타자가 출루한다면 오노도 더 이상 버티지 못할 가능성이 컸다. 그에 비해 한정훈은 아직 여유가 넘쳤다. 선발투수의 한계 투구 수를 100구로 봤을 때 아직 58구나 여유가 있었다.

“오노는 6회를 버티기 어려울 거야. 포크 볼은 벌써 밋밋해졌고 직구 구속은 145밖에 나오지 않는다고. 이런 공으로는 한국 타자들을 이겨 낼 수가 없어!”

“하아, 확실히 미치다 감독의 판단 미스야. 첫 경기인데 당연히 에이스인 혼다를 내보냈어야지.”

“다음 경기인 이쿠에이전을 너무 의식했어. 고시엔에서 이겼으면 충분하잖아? 국가 대항전이면 당연히 한국 팀부터 신경 써야지. 안 그래?”

“타자들도 멍청해. 한정훈의 투구 수를 늘리려는 생각을 왜 아무도 하지 않는 거야?”

“내 말이 그 말이야. 어떻게 저런 선수들로 고시엔에서 우승할 수 있는 거지?”

시간이 지날수록 사가미고교의 패배를 점치는 일본 기자들이 늘어만 갔다. 그리고 그 예상은 정확하게 맞아떨어졌다.

6회 초에도 마운드에 오른 한정훈은 공 11개로 사가미의 8번과 9번, 1번을 막아냈다. 처음으로 10개 이상의 공을 던졌지만 영리한 투구는 여전했다. 타자들이 공을 지켜볼 것이라고 판단하고 투구 스타일을 바꿔 버린 것이다.

삼진. 삼진. 삼진.

한정훈은 한 이닝 만에 오노와 탈삼진 개수를 맞춰 버렸다.

특히나 나스히로를 상대로 세 번째 삼진을 빼앗는 장면은

압권이었다. 초구와 2구, 3구 모두 나스히로가 자신 있어 하는 몸 쪽 패스트볼을 던져 힘으로 찍어 누른 것이다.

나스히로가 이를 악물고 덤벼 봤지만 소용없었다. 기세가 완전히 꺾여 버린 상황에서 나스히로는 특유의 번개 같은 스윙을 하지도 못했다.

3연속 타석 삼진.

나스히로에게 절망감을 안겨 준 채 한정훈은 유유히 마운드를 내려왔다.

6회까지 투구 수는 53구. 완투 시 예상 투구 수는 80구였다.

한정훈이 바짝 기세를 끌어 올리면서 미치다 감독의 부담도 커졌다. 본래라면 투수를 바꿔야 할 타이밍이었지만 이런 상황에서 섣불리 투수를 바꿨다가 분위기를 완전히 내주게 될 수도 있었다.

한참을 고심하던 미치다 감독은 끝내 에이스인 혼다를 아끼기로 결정을 내렸다. 이제 와 혼다를 내보내느니 오노로 하여금 경기를 책임지게 할 생각이었다.

그러나 6회 말에도 마운드에 오른 오노의 공은 더 이상 위력적이지 않았다. 포크 볼을 던질 수 없을 만큼 악력이 약해진 터라 패스트볼의 구속도 현저히 떨어졌다.

거의 배팅 볼 투수 수준으로 전락해 버린 오노를 상대로 한국 타자들의 방망이가 불을 뿜었다.

1번 타자 박인우가 초구를 때려 안타를 치고 나갔다. 2번 타자 김인하는 번트 자세를 취하다 패스트볼이 몰리자 그대로 밀어 쳐 적시 2루타를 만들어냈다.

3번 타자 강동수는 풀카운트 승부 끝에 1타점 안타를 기록했고 4번 타자 황철민은 다시 초구를 받아 쳐 좌익수 앞 안타를 쳐냈다.

그렇게 두 점을 내주고 무사 1, 2루 위기에 몰리고서야 오노는 마운드를 내려갈 수 있었다. 그러나 뒤이어 등판한 투수가 5번 박기완에게 3점 홈런을 허용하면서 오노의 자책점은 4점으로 늘어났다.

반면 한정훈은 7회까지 마운드를 지켰다. 6회에 이어 7회 세 타자를 연속 삼진으로 돌려세우며 탈삼진을 10개로 늘렸다.

5 대 0. 다섯 점 차 리드 속에서 박찬오는 한정훈을 내리고 윤형진과 박진우를 차례로 마운드에 올렸다. 한정훈에게 눌려 있던 사가미 타자들이 뒤늦게 안타를 때리며 분전했지만 8회 초에 1점, 9회 초에 1점을 만회하는 데 그쳤다.

최종 스코어 5 대 2.

고시엔 우승팀 도카이 대학 사가미고교를 상대로 한국 고교야구 대표팀이 기분 좋은 첫 승을 기록했다.

팀을 승리로 이끈 한정훈이 MVP가 되어 10만 엔의 부상을 수여 받았다. 그리고 그 소식이 최일식을 통해 곧바로 한국에까지 전해졌다.

[한일 고교야구 대항전] 한국 고교야구 대표팀, 고시엔 최강팀 사가미고등학교 상대로 5 대 2 낙승! 봉황기 최우수 투수 한정훈, 선발로 나서 7이닝 10탈삼진 완벽투 선보여!

국내에서는 중계조차 되지 않은 경기였지만 야구팬들의 반응은 뜨거웠다. 그만큼 한정훈이 선보인 피칭은 놀라웠다. 7회까지 단 22타자를 상대로 1피안타 무사사구 10탈삼진을 기록했다. 투구 수는 고작 65개. 다음 경기를 대비해 마운드에서 내려오지 않았다면 대회 첫 완봉까지 바라볼 수 있는 페이스였다.

"한정훈, 이 자식. 또 사고 쳤네."

"김태식 부회장 눈 뒤집고 있는 거 아냐?"

협회의 눈치를 보는 기자들은 하나같이 기사를 축소해서 보도했다. 일부 기자들은 악의적으로 한정훈의 활약상을 전부 감추는 만행을 저질렀다.

하지만 해당 경기가 일본 공중파를 타고 전해지면서 한정훈의 활약상은 감추고 싶어도 감출 수가 없게 되어버렸다.

5

고교야구에 대한 한국의 주요 매스컴의 관심도는 높지 않았다.

안성민 사태로 반짝 주목하긴 했지만 그뿐.

협회의 징계가 마무리되자 언제 그랬냐는 것처럼 신경조차 쓰지 않았다.

그에 비해 일본의 매스컴들은 대회 시작 일주일 전부터 한일 고교야구 대항전을 대대적으로 선전했다.

작년 프리미어12 때 겪었던 일본 성인 대표팀의 패배를 고교야구팀이 갚아줄 것이라며 단단히 벼르는 모습이었다.

최근 국제 대회 성적이나 인프라를 놓고 보더라도 일본 고교야구는 한국의 고교야구보다 한 수, 아니, 서너 수는 우위에 있었다.

그건 한국의 야구 전문가들조차 인정할 정도였다.

그래서 대부분의 일본 고교야구 전문가는 코시엔 우승팀인 사가미고등학교가 한일 고교야구 대항전에서 우승할 것이라고 전망했다.

사가미고등학교와 우승을 다툴 팀으로 코시엔 준우승 팀인 센다이 이쿠에이고등학교와 각 지역의 우수한 선수들로 이루어진 일본 고교 선발 대표팀 정도가 입에 오르내렸다.

한국 고교야구 대표팀의 선전을 예상하는 전문가는 많지 않았다. 내심 B그룹(4, 5, 6위)으로 추락하길 바라면서도 예의상 A그룹(1, 2, 3위)에 합류할 가능성이 있다는 전망을 내놓는 정도에 그쳤다.

한국 고교야구 대표팀과 사가미고교 간 1차전에서 한국 대표팀의 우세를 점친 전문가는 한 명도 없었다.

우열을 가리기 어렵다는 의견이 둘.

사가미고등학교가 비교 우위에 있다는 의견이 열셋.

사가미고등학교의 압승을 점치는 의견이 열.

이 같은 전문가들의 의견이 코시엔을 만원 관중으로 이끌었다.

하지만 정작 경기 결과는 정반대였다.

5 대 2, 한국의 승리.

점수 차이는 크지 않았지만 사가미고등학교의 경기 내용은 형편없었다.

특히나 한국의 2학년 선발투수에 막혀 사가미고등학교의 강타선이 1안타 빈공에 시달렸다는 사실은 충격으로 다가왔다.

"미치다 감독의 대처가 안일했습니다. 혼다를 내보냈어야죠."

"솔직히 미치다 감독은 무슨 생각을 가지고 이 대회에 참여한 것인지 모르겠네요."

"팀의 주축인 스기자카와 나스히로 선수가 부진했던 게 뼈아픕니다. 둘이 합쳐서 삼진만 6개를 먹었습니다. 마지막 타석 때 안타를 친 걸로는 용서가 되지 않아요!"

"한국 팀도 치사했어요. 이승민을 선발로 내세운다고 해놓고 낯선 2학년 투수를 올렸으니까요."

"경기 당일에 투수를 교체하다니. 비매너적인 행위 아닙니까?"

"이승민 선수의 컨디션에 문제가 있었다고는 해도 확실히 스포츠맨십에 어긋나는 행동입니다."

일본의 고교야구 전문가들은 한국 대표팀이 사가미고등학교를 꺾은 건 실력이 아니라 요행일 뿐이라고 일축했다.

미치다 감독의 판단 미스와 선발 조작이 아니었다면 결코 사가미고등학교가 패배할 리 없을 것이라고 단언했다.

이 같은 일본의 일방적인 주장에 한국 언론들도 발끈했다.

한일전 패배 후 한국을 비난하는 게 하루 이틀 일은 아니었지만 선수 부상으로 인한 선발 교체를 더러운 수작으로 매도하는 일본의 작태를 두고만 볼 수가 없었다.

"다음 소식입니다. 어제 일본 코시엔 구장에서 한일 고교야구 대항전이 열렸습니다. 한국에서는 고교야구 대표팀을 구성해 출전했는데요. 대표팀이 첫 경기에서 올해 전국 대회 우승팀인 도카이 대학 부속 사가미고등학교를 상대로 5 대 2로 승리를 거두었다는 소식입니다. 보도에 황성철 기자입니다."

공중파 방송 3사는 앞다투어 한일 고교야구 대항전을 보도했다. 스포츠 심층 취재부가 있는 JBS는 아예 한정훈과 관련한 특별한 꼭지까지 만들었다.

"앞서 보도 드린 대로 일본 고교야구의 성지라 불리는 코시엔에서 한국의 어린 선수들이 큰일을 해냈습니다. 그런데 더 놀라운 사실은 이날 등판했던 투수가 대표팀에서 가장 어린 투수라고 합니다. 당초에 선발 예정도 아니었다고 하는데요. 어떻게 된 일일까요? 마음 같아선 대표팀에 직접 문의하고 싶지만 훈련 중이라 인터뷰가 어렵다는 대답을 받아 대신 현지 취재 중인 매일스포츠 최일식 기자와 전화 연결해 보도록 하겠습니다. 아, 연결됐나요? 반갑습니다. 최일식 기자, 스포츠 룸 정우현입니다. 제 목소리 들리십니까?"

–네, 잘 들립니다.

"현지에서 취재하시느라 고생이 많으십니다. 시청자분들을 위해 간단히 자기소개 부탁합니다."

–안녕하십니까. 매일스포츠에서 야구를 담당하고 있는 최일식입니다. 저는 지금 한일 고교야구 대항전 취재를 위해

코시엔에 와 있습니다.

"하하. 소개를 부탁드렸더니 너무 간단하게 말씀하셨네요. 제가 조금 보태자면, 최일식 기자는 우리나라 최고의 아마추어 야구 전문가입니다."

-아닙니다. 분에 넘치는 말씀이십니다.

"겸양도 좋지만 그렇게 말씀하시면 정보의 신뢰도에 문제가 생길 수 있습니다. 저희 JBS가 아무나 붙잡고 인터뷰를 한다고 생각하실지도 모르고요."

-그렇다면……. 네, 인정합니다. 20년 가까이 한국 아마추어 야구를 위해 살아왔고 앞으로도 그럴 생각이니 전문가라는 말씀, 감사히 받겠습니다.

"좋습니다. 그럼 몇 가지 질문을 좀 하겠습니다. 한국 대표팀이 사가미고등학교를 상대로 5 대 2 승리를 거두었는데요. 여기까진 팩트죠. 그런데 일본에서는 운 좋게 이겼다라는 반응이 나오고 있는 반면에 또 직접 경기를 봤다는 분들은 아니다, 거의 일방적으로 대표팀이 우세한 경기를 펼쳤다라고 말이 엇갈립니다. 이 부분에 대해서 전문가적인 입장에서 어떻게 생각하십니까?"

-그건 굳이 전문가가 아니더라도 야구의 야자만 아는 분들이라면 누구나 다 알고 있을 것 같은데요.

"답은 정해져 있다?"

—네, 일방적으로 이겼습니다. 7회까지는 무실점이었고 8회와 9회 각 1실점씩 하긴 했지만 그건 어디까지나 선수 컨디션 점검 차원의 등판이었으니까요.

"그러니까 적지에서 5 대 0으로 승리를 하기에는 좀 미안하니까 일종의 팬 서비스다?"

—네, 솔직히 한정훈 선수가 완봉을 했어도 이상할 게 하나 없는 경기였습니다.

"말씀 중에 한정훈 선수 이름이 나와서 그에 관한 질문을 하겠습니다. 한정훈 선수, 대체 어떤 선수입니까?"

—하하, 고교야구를 매일 찾아보는 저희 같은 사람이 아니라면 다들 비슷한 반응을 보이십니다. 하지만 갑자기 하늘에서 뚝 떨어진 선수는 절대 아닙니다.

"하늘에서 뚝 떨어진 선수는 아니다. 그렇다면 오래전부터 그 자질을 인정받아 왔던 투수라는 말씀이신 건가요?"

—그 부분에 대해서는 사견이 섞일 수 있기 때문에 정우현 앵커께서 좋아하시는 팩트만 가지고 대답하겠습니다. 일단 한정훈 선수는 야구 명문인 동명고등학교에 재학 중이고 1학년 때 어깨 부상으로 재활을 하느라 5월에 열린 봉황기 때 처음으로 경기에 나왔습니다. 그리고 곧바로 비공식 트리플 크라운을 작성하고 최우수 투수상을 거머쥐었습니다.

"트리플 크라운이요? 투수니까 평균 자책점과 다승, 삼진

부분에서 1위를 했다는 말인가요?"

–네, 총 3경기에 등판해서 3승으로 다승 공동 1위. 15이닝을 던지며 30개의 탈삼진으로 전체 1위. 그러면서 단 한 점도 내주지 않아 0.00의 평균 자책점으로 1위에 올랐습니다.

"다시 들어도 대단한 기록입니다. 다만 항간에서는 약한 팀을 상대로 거둔 성적이니 상대 평가를 해야 한다는 주장이 있는데요."

–그 이야기는 저도 들었습니다만 경복고등학교가 과연 약한 팀으로 분류될 만한 팀인지는 의문입니다.

"잠깐만요. 경복고등학교요? 얼마 전 논란이 됐던 안성민 선수를 배출한 그 경복고등학교 말입니까?"

–네, 그 전통의 강호 경복고등학교가 맞습니다. 그리고 한 가지 덧붙이자면 경복고등학교의 팀 타율과 팀 홈런, 팀 득점은 한정훈 선수를 상대하기 직전까지 봉황기 1위였습니다. 그것도 압도적으로요.

"그러니까 압도적인 화력을 자랑하던 경복고등학교를 상대로 무실점 승리를 거뒀다는 이야기인데 왠지 엄청 대단한 투수를 저만 모르고 있었던 것 같은 생각이 듭니다. 그런데 이렇게 대단한 투수가 어제 경기에서 대타로 선발 출전했다는 소리가 있던데요?"

–네, 맞습니다. 본래 한정훈 선수가 아니라 많은 분이 잘

아시는 중흥고등학교 우완 에이스, 이승민 선수가 선발 등판할 예정이었습니다.

"이승민 선수는 저도 익히 들어 알고 있습니다. 강현승 선수와 함께 중흥고등학교를 봉황기 정상으로 이끈 장래가 촉망받는 투수라고 하던데요."

–네, 예정대로라면 이승민 선수가 등판해야 하는데 갑자기 어깨 통증이 와서 한정훈 선수로 선발이 교체되었습니다.

"그럼 선발 등판 순서가 바뀐 겁니까?"

–아닙니다. 본래 한정훈 선수는 선발이 아니라 불펜 쪽에서 활약할 예정이었습니다.

"불펜이요? 잠깐만요. 최일식 기자, 봉황기 최우수 투수상에 트리플 크라운을 달성하고, 결과론이지만 일본 최강 사가미고등학교를 잠재워 버린 한정훈 선수가 원래는 불펜이었다고요?"

–네, 저도 그 부분이 아쉽긴 했지만 내부 사정상 어쩔 수 없었다고 합니다.

"내부 사정이라면?"

–선발된 7명의 투수 중에 계투로 활약한 투수는 이규환 선수 한 명뿐이고 나머지는 선발 타입의 투수였거든요.

"거기에 한정훈 선수만 2학년이라는 사실이 불리하게 작용했을 수도 있겠군요?"

—하하. 그 이상은 저도 노코멘트 하겠습니다.

"어쨌든 좋습니다. 한정훈 선수가 갑작스럽게 등판해서 빼어난 호투를 펼쳤습니다. 이 부분에 대해서 어떻게 생각하십니까? 일본에서는 말 그대로 얻어걸린 거다 라는 의견이 많던데요."

—저는 당연한 결과였다라고 생각하고 있습니다.

"당연한 결과다?"

—한정훈 선수는 봉황기 최우수 투수상을 탔습니다. 4강 팀도 아니고 8강전에서 탈락한 선수가 최우수 투수상을 탄 건 그야말로 이례적인 일입니다.

"하기야 팀 성적이 조금도 가산되지 않았을 테니까요."

—맞습니다. 게다가 한정훈 선수에게 밀려 최우수 투수상을 놓친 투수들의 면면만 봐도 한정훈 선수의 실력이 어느 정도인지 충분한 설명이 됩니다.

"잠시만요. 아, 네. 지금 자료가 들어왔는데……. 허허, 우수 투수상에 휘명고등학교 성진우 선수, 중흥고등학교 이승민 선수, 같은 학교 강현승 선수가 선정됐네요. 그러니까 이들 선수들보다 한정훈 선수가 더 잘했다는 이야기겠죠?"

—네, 봉황기 때도 분명 더 잘했지만 앞으로도 더 잘할 가능성이 큽니다. 아직 2학년에 성장 가능성도 무궁무진하고요.

"이런 투수였다면 일본에도 어느 정도 분석이 되었을 텐데요. 사가미고등학교 선수들이 한정훈 선수에게 뽑아낸 안타가 단 1개란 말이죠. 그것도 기습 번트 안타였다고 하는데, 이렇게 밀린 이유가 어디에 있을까요? 혹시 사가미고등학교에서 2진급 선수들을 출전시킨 건가요?"

–아닙니다. 사가미고등학교는 코시엔 결승전과 동일한 멤버를 출전시켰습니다.

"그렇다면 봐주려다 당한 건 아닌 거 같은데요."

–봐주긴요. 누가 누굴 봐주겠습니까.

"하하, 듣고 보니 그렇네요. 그럼 사가미고등학교의 전력이 듣기보다 약했던 건 아닐까요?"

–그 부분에 대해 오해하시는 분들이 계실까 봐 잠시 지난 코시엔에 대해 이야기를 해보겠습니다.

최일식은 준비한 자료를 바탕으로 사가미고등학교가 얼마나 강팀인지에 대해 설명했다.

제작진도 사전에 입수한 자료와 영상들을 공개하며 최일식의 설명을 뒷받침했다.

"사가미고등학교가 대단한 팀이라는 사실은 잘 알겠습니다. 그런데 그런 팀이 한정훈 선수에게 꽁꽁 틀어 막혀 버렸습니다. 그래서 지금 일본이 발칵 뒤집혔는데요. 한정훈 선수가 대체 무슨 수를 쓴 겁니까?"

일본 현지에서는 로진 백을 자주 매만지는 한정훈이 부정 투구를 했을지도 모른다는 의혹이 제기되었다.

로진 백 속에 이물질을 숨겨놓고 투구 때 활용했을 가능성이 크다는 것이다.

그러나 대회 주관사가 준비한 로진 백에 장난을 친다는 건 실현 불가능한 일이었다.

–한정훈 선수는 봉황기에서 두 종류의 포심 패스트볼을 선보였습니다. 구속은 엇비슷하지만 공의 무브먼트가 서로 다른데요. 하나는 일반적인 패스트볼의 궤적을 그린다면 다른 하나는 일반적인 패스트볼보다 회전력이 강해 타자의 눈앞에서 솟구치는 것 같은 착시를 줍니다.

"잠깐만요. 최일식 기자, 그 착시를 일으킨다는 패스트볼이 설마 라이징 패스트볼입니까?"

–네, 맞습니다. 물론 진짜 라이징 패스트볼은 아니지만 흔히들 일반적인 궤적보다 덜 떨어지는 공을 라이징 패스트볼이라고 부릅니다. 정확하게는 라이징성 패스트볼이겠지만요.

"그러니까 일본에서 공의 무브먼트가 이상했다라고 지적한 게 부정 투구가 아니라 라이징 패스트볼을 던졌다는 말인 거죠?"

–그렇습니다. 그러니 사가미고등학교가 자랑하는, 아니, 일본 고교야구에서도 손꼽히는 스기자카와 나스히로 같은 타자들이 3연타석 삼진을 당한 것이고요.

"알겠습니다. 덕분에 일본 측의 주장이 터무니없다는 사실을 거듭 확인할 수 있었던 것 같습니다."

—아닙니다. 저 역시 이 기회를 통해 한국의 좋은 투수에 대해 소개할 수 있어서 좋았습니다.

"그럼 마지막으로 개인적인 질문 하나만 더 하겠습니다."

—네, 말씀하십시오.

"한정훈 선수와 안성민 선수. 비교하자면 누가 더 낫습니까?"

정우현은 안성민 사태 때 안성민의 재능을 높이 평가했던 사람들 중 한 명이었다.

협회에서 무기한 자격 정지 처분을 내렸을 때는 이례적으로 선수의 재능을 말살시킨 강압적인 처사라며 목소리를 높이기도 했다.

그런 정우현이 묻고 있었다.

작년 고교야구를 뜨겁게 달구어 놓았던 경복고등학교 좌완 안성민.

그리고 올해 고교야구의 신성으로 떠오른 동명고등학교 우완 한정훈.

둘 중 누가 더 나은지에 대해서 말이다.

"정우현, 제법인데?"

"그러게. 최일식도 원래 안성민 열심히 빨아댔었잖아."

"최일식이 이슈를 위해 한정훈을 들먹이는 건지 진짜로 인정하는 건지 알고 싶다 이거지?"

"자, 최일식. 뭐라고 지껄이나 보자."

실시간으로 뉴스를 지켜보던 기자들이 귀를 쫑긋 세웠다.

그러자 잠시 뜸을 들이던 최일식이 담담하게 입을 열었다.

―개인적으로는 안성민 선수에게…….

"안성민 선수에게 한 표를 주고 싶다?"

―아니요. 미안하다고 말하고 싶습니다.

최일식은 대놓고 누군가가 낫다고 이야기하지 않았다.

실력만 놓고 보자면 한정훈이 더 나아 보였지만 안성민이 작년 한 해 이뤄놓은 결과물을 따라가기까진 시간이 필요했다.

그러나 한정훈이라면, 실력은 물론 커리어로써 안성민을 뛰어넘는 데 그리 오랜 시간이 걸리지 않을 것 같았다.

그래서 개인적으로 미안했다. 안성민을 10년에 한 번 나올까 말까 한 투수로 띄워 놓아서 말이다.

그런 최일식의 속마음이 정우현에게 고스란히 전해졌다.

"그렇군요. 알겠습니다. 다음에 기회가 된다면 한정훈 선수와 함께 스튜디오로 모시도록 하겠습니다."

인터뷰를 마치는 정우현의 입가를 타고 묘한 미소가 번졌다.

6

"후우, 이 짓도 못 해먹겠네."

통화를 마친 최일식이 식은땀을 닦아냈다.

20여 분 정도 통화를 한 것뿐인데 핸드폰은 터질 것처럼 뜨겁게 달아올라 있었다.

"여기 있습니다."

최일식은 JBS 직원에게 받은 핸드폰을 돌려주었다. 그리고 주머니에서 핸드폰을 빼서 전원을 켰다.

우우웅.

슬슬 교체가 필요해 보이는 핸드폰이 한참 만에 눈을 떴다. 그 순간.

지이잉.

수백여 건의 부재중 통화와 문자 메시지가 핸드폰을 몸부림치게 만들었다.

"하이고, 많이도 연락 왔네."

최일식의 눈이 휘둥그레졌다.

공중파도 아니고 종편에 잠시 목소리 출연한 것뿐인데 사돈의 팔촌까지 연락을 준 것만 같았다.

그때였다.

"선배! 대박! 이러다 방송 기자 되는 거 아니에요?"

뉴스를 봤는지 한예리가 호들갑스럽게 다가왔다.

"방송 기자는 무슨. 이 나이에 얼굴에 분칠할 일 있냐?"

"하긴, 선배는 분칠로는 감당이 안 되긴 해요."

"뭐야, 너. 시비 걸러 왔냐? 왜? 내가 먼저 방송 출현하는 게 약 올라?"

"뭐예요. 유치하게. 설마 제가 그런 걸로 질투하겠어요? 저 이대 나온 여자라니까요?"

"그놈의 이대 타령. 왜 안 나오나 했다. 그런데 무슨 일이야? 고작 그 말 하러 온 거야?"

최일식이 용건을 물었다. 생긴 것과는 달리 한예리가 가볍지 않다는 것쯤은 이미 파악이 끝난 상태였다.

그러자 잠시 주변을 두리번거리던 한예리가 조심스럽게 입을 뗐다.

"선배, 김태식이라고 알아요?"

"김태식? 야구 협회 부회장?"

"네."

"왜? 위에서 뭐라고 그래?"

최일식이 미간을 찌푸렸다. 그렇지 않아도 부재중 목록 중에 김태식의 이름을 본 것 같았는데 그새를 못 참고 한예리까지 협박한 모양이었다.

"그게 선배 뉴스 보면서 기사 몇 개 송부했는데요."

"까였어?"

"네, 부장이 한정훈 관련 기사는 여기까지만 쓰래요."

"허, 병수 이 새끼. 책상 앞에 앉더니 겁쟁이가 다 됐고만?"

최일식은 혀를 찼다. 한때 절친이었던 김병수가 이런 식의 외압에 무너지다니. 솔직히 실망이었다.

물론 김병수의 입장은 충분히 이해가 갔다.

현장을 떠나 부장 자리에 앉다 보니 챙길 것도 많고 신경 쓸 것도 많아졌을 것이다.

그런 상황에서 아마추어 야구를 총괄하는 협회와 척을 져봐야 좋을 건 없었다.

만약 다른 신문사 같았다면 한예리에게 귀국 명령을 내렸을 것이다. 비싼 출장비로 그딴 기사나 싸질렀다며 시말서를 요구했을지도 몰랐다.

하지만 김병수는 그렇게까지 노골적으로 협회를 챙길 성격도 아니었다. 그렇다면 김병수가 하고 싶은 말은 간단했다.

협회를 충분히 자극했으니 독박 쓰기 전에 작전상 일보 후퇴를 하자.

최일식이라면 모르겠지만 이제 겨우 신참 티에서 벗어난 한예리가 감당할 만큼 협회는 호락호락하지 않았다.

"그럼 쓰지 마."

최일식이 애써 담담한 목소리로 말했다. 이 상황에서 한예리가 선택할 수 있는 최선은 김병수의 말처럼 한발 물러서는 것이었다.

"에에? 정말요?"

한예리가 눈을 똥그랗게 떴다. 다른 사람도 아닌 최일식이 그런 말을 할 줄은 몰랐다는 반응이었다.

"그럼 정말이지. 너, 너희 부장 깔 자신 있어?"

"그게…… 못 할 건 없는데……."

"뭐 인마? 너 같은 신참을 경험 쌓으라고 일본까지 보내줬으면 충성을 다해도 모자랄 판에 부장을 까? 와, 요즘 애들 무섭구나?"

"그, 그럼 저더러 어쩌라고요."

"그러니까 쓰지 말라고. 당분간만 안 쓰면 되는 거잖아."

"……예?"

"으이그, 답답아. 너희 부장이 한정훈과 관련된 기사를 절대 쓰지 말라고 하진 않았을 거 아냐. 안 그래?"

"아……!"

한예리는 그제야 김병수의 의도를 깨달았다.

생각해 보니 분명 이번 경기와 관련한 한정훈의 기삿거리는 자제하라고 주문했던 것도 같았다.

"제가 너무 단순하게 생각했네요."

한예리가 무안한 듯 웃었다.

어차피 한정훈은 19일 이쿠에이고등학교전에 등판이 예정되어 있다.

그 경기가 지나면 새로운 소스로 한정훈에 대한 기사를 쓸 수 있을 터였다.

"그래도 손가락이 근질거리면 두루뭉술하게 써."

"어떻게요?"

"왜 연예부 기자들이 잘하는 거 있잖아. 모 연예인의 취미가 등산으로 밝혀져. 한편 그 연예인은 이번에 어떤 어떤 영화에 출연했다."

"오호~ 그런 방법이 있었네요."

"노골적인 기사가 아니라면 아마 협회도 대충 넘어갈 거야. 걔네들이라고 모든 기사를 전부 감시할 수는 없을 테니까."

"하긴, 그렇겠죠?"

"그리고 당분간은 우리가 안 빨아도 언론에서 열심히 빨아줄 거다. 그러니까 적당히 콩고물만 주워 먹자고. 내 생각에 한정훈이라는 바람이 이대로 사그라질 것 같지는 않으니까 말이야.”

최일식이 담배 한 개비를 꼬나물며 말했다.

만약 한정훈이 반짝하고 사라질 것 같았다면 그를 위해 자판을 두드리는 어리석은 짓 따위는 하지 않았을 것이다.

“그런데 선배, 뭐 하나 물어봐도 돼요?”

“뭐? 협회에서 왜 한정훈을 잡아먹지 못해 안달이냐고?”

“네, 저도 이리저리 알아봤는데 정말 모르겠거든요?”

한예리가 슬그머니 화제를 돌렸다. 표정을 보아하니 처음부터 이것을 물어보고 싶었던 모양이었다.

“하아, 이건 솔직히 짬 좀 되는 기자들에게도 말해주지 않는 건데……. 넌 가만 보면 쓸데없이 상상력이 풍부하니까 쓸데없는 소리 할까 봐 알려준다. 영광인 줄 알아라.”

“넵!”

“그러니까…….”

최일식은 일단 김태식이 누구인지에 대해서 설명을 시작했다.

현 KBA 부회장인 김태식은 알 만한 사람은 다 아는 협회의 실세였다. 그가 부회장 자리를 차지하고 앉은 기간만 올해로 14년째. 회장은 매번 바뀌는데 4년 임기의 자리를 4번 연속으로 연임하고 있었다.

"그게 가능한 일이에요?"

"정상적인 협회라면 어렵지. 하지만 김태식이 회장이 될 만한 사람을 전폭적으로 밀어준다면 어떨까?"

"아하, 그 대가로 부회장 자리를 약속받는 거고요?"

"약속까진 아니고 그냥 나중에 딴소리 하지 마라 정도겠지? 어차피 협회 임원 중 절반 이상이 김태식 라인이었으니까."

"이었…… 으니까요?"

"짜식, 눈치 하나는 기똥차다니까. 아까 말한 대로 협회의 임원 중 절반 이상이 김태식 라인이었어. 그런데 작년 초에 내부 비리 터진 거 있잖아."

"아, 그 대학 입시 비리 사건이요?"

"그래, 그때 그 일로 연루된 임원 다섯이 잘렸거든. 그런데 웃긴 게 새로 들어온 임원들이 예전에 김태식과 척을 지고 쫓겨났던 사람들이라는 거지."

"그걸 김태식이 두고만 봐요?"

"물론 김태식은 결사반대했는데……. 지금의 회장이 너구리거든."

2년 전 회장으로 선출된 이신호는 한국대학교 체육학과 명예 교수였다. 비정치권 인사로는 최초로 KBA의 수장이 된 것이다.

물론 그를 지금의 자리에 앉힌 건 다름 아닌 김태식이었다.

대부분의 아마추어 협회에서 정치권 낙하산 회장에 대한 반감을 드러내면서 한발 앞서 만만한 이신호를 점찍어 끌어들인 것이다.

그러나 이신호는 김태식의 손바닥 위에 놀아날 만큼 호락호락한 사람이 아니었다.

“그 양반이 장난 아닌 게 회장 되고 한동안은 쥐죽은 듯 조용히 있는 거야. 김태식의 비위나 맞춰주면서. 그래서 김태식도 그 양반을 만만하게 보고 있었지. 설마하니 외부 감사까지 끌어들여 내부 비리를 쾅 하고 터뜨릴 줄도 모르고 말이야.”

“그럼 부정 입시 터뜨린 게 회장이에요?”

“그렇지. 회장이 아니라면 김태식이 그렇게 당하고만 있지는 않았을 테니까.”

썩어빠진 KBA를 개혁하기 위해 이신호는 칼을 뽑아 들었다. 그 첫 번째가 부정 비리 연루자 축출. 그리고 두 번째가 박찬오 영입.

국가 대표 감독이 된 박찬오는 자신에게 주어진 선발 카드로 한정훈을 끌어들였다.

그 연관 관계를 따졌을 때 김태식이 한정훈을 못마땅해하는 것도 어느 정도는 수긍이 가는 상황이었다.

하지만 고작 이 정도가 전부였다면 최일식이 한예리에게 영광 운운하진 않았을 것이다.

“한정훈의 케이스는 뭐랄까. 좀 복잡해.”

“복잡하다니요?”

“그러니까 지난번 입시 비리 조사 과정에서 비리와 관련된 모든 인물이 현장에서 퇴출된 건 아니거든.”

“에에? 그럼 아직도 남아 있는 거예요?”

“당연하지. 그 사람들 전부 뿌리 뽑으려 했다면 아마추어 지도자들 중 30퍼센트는 목이 잘렸을 텐데? 그 공백을 어떻게 감당하라고. 그건 회장이 아니라 회장 할아버지가 와도 못 해.”

입시 비리가 터지자 김태식은 이신호를 찾아가 담판을 지었다.

임원 5명을 포기하는 대신 더 이상 일을 키우지 말자는 것이었다.

고심 끝에 이신호는 김태식의 제안을 받아들였다.

애당초 목표는 김태식이었다. 김태식의 힘을 약화시켜야 장기적인 개혁이 가능하다고 판단한 것이다.

그렇게 이신호와 김태식의 1라운드 대결은 이신호의 승리로 끝이 났다. 외부적으로는 김태식이 이신호에게 굴복한 모양새였다.

그러나 정작 김태식은 태연했다. 권력의 주체는 결국 돈이다. 그 돈줄만 틀어쥐고 있다 보면 언제고 협회를 다시 장악할 수 있다고 확신했다.

그런데 뜻하지 않은 사고가 터졌다.

"너 허세명이라고 알아?"

"허세명이요? 그 사람, 전 동명고등학교 감독이잖아요."

"그래, 다들 그렇게만 알고 있지."

"그럼요? 호, 혹시 김태식하고 관련이 있는 거예요?"

"딩동댕. 실은 말야……. 허세명이 김태식의 자금을 관리하는 담당자거든."

"헉……!"

생각지도 못했던 허세명의 등장에 한예리의 눈이 커졌다.

김태식이 바보가 아니고서야 상납받은 돈을 자신이 직접 관리하지는 않았을 것이다.

만약 그랬다면 이신호가 회장직을 걸고서라도 김태식을 뿌리 뽑아버렸을 터였다.

영리하게도 김태식은 자금을 셋으로 나누어 심복들을 통해 관리하고 있었다.

그중 한 명이 바로 허세명이었다. 그런데 허세명이 뜻하지 않게 동명고등학교 감독 자리에서 잘리면서 김태식의 계획에 차질이 빚어졌다.

"허세명이 동명고등학교에서 잘린 이유는 들었지?"

"네, 후원금 받아 챙겼다고……."

"그래, 그래서 허세명도 깨끗이 물러났거든. 그런데 소문이 무성했던 아마추어 야구 입시 비리를 조사한 게 과연 회장뿐일까? 아니, 애당초 회장은 어디서 그런 소스를 얻었을까?"

"설마…… 검찰이요?"

"와, 너 진짜 눈치 쩐다. 어떻게 말만 하면 알아맞히냐?"

"아무튼요. 그래서 어떻게 됐는데요?"

"그래서는 뭐가 그래서야. 허세명이 후원금 챙기다 쫓겨났다고 하니까 검찰에서 냉큼 뒷조사 들어간 거지. 그런데 허세명 계좌에 어마어마한 돈이 쌓여 있네? 마음 같아선 확 빤스까지 뒤집어 까고 싶은데 그랬다간 눈치 빠른 윗대가리들은 꼬리 자르기를 할 것 같고. 그러니까 일단 지켜보기로 한 거야."

"아……! 허세명의 돈이 빠져나갈 때 까지요?"

"그래, 그럼 빼도 박도 못하는 증거가 완성될 테니까."

당연하게도 검찰의 계획은 김태식의 귀에 들어갔다.

김태식의 입장에서는 미치고 팔짝 뛸 노릇이었지만 그렇다고 무리해서 자금을 회수할 수 없는 상황이 되어버렸다.

남은 두 개의 자금 라인으로는 지금의 세력조차 유지하기 빠듯한 형편이었다.

그렇다고 이대로 패배를 인정하기에는 자존심이 상해 견딜 수가 없었다.

"김태식도 허세명이 누구 때문에 무리해서 후원금을 챙겼는지 잘 아니까 화는 못 내는 상황이었어. 그런데 허세명과 관련된 보고 내용 중에 재미있는 걸 발견한 거야."

"한정훈 선수 이야기죠?"

"그래, 한정훈이 부상을 핑계로 1년을 통째로 날렸는데 그 때 함께 훈련했던 사람이……."

"서재훈. 전직 메이저리거."

"그리고 서재훈은 박찬오와 상당히 가까운 인물이고."

"그럼 작업이 들어왔다고 생각했을지도 모르겠네요?"

"표현 좋네. 맞아, 실제 그럴 가능성이 희박하다는 것 정도는 모르지 않겠지만 억울한 거거든. 내가 왜 이렇게 몰려야 하나 하고 말이야. 그렇다 보니 뭐든 분노의 대상이 필요한 거고. 하필 그 시점에 보란 듯이 서재훈과 어울리며 재활을 한 한정훈이 눈엣가시가 되어버린 거지."

"심지어 한정훈을 개인적으로 가르친 강혁 감독은 허세명의 후임이 되어버렸고요."

"그러니까 이 모든 걸 우연이라고 여기기엔 뒷골이 당겨 참을 수 없을 것 같으니까 일단은 작업이었다 라고 판단한 거지. 한정훈은 일부러 태업한 선수가 되어버린 거고."

"와아…… 이야기 듣고 보니까 뭔가 되게 복잡하네요."

"복잡하지. 그래서 난 한정훈이 빨리 메이저리그에 진출했으면 좋겠다고 생각하고 있어. 한국에서 더 더러운 꼴 보지 않으려면 말이야."

최일식이 쓴웃음을 지었다.

아마 야구 전문 기자로서 어른들의 정치 싸움에 한정훈이 망가지도록 놔두고 싶지 않다는 게 솔직한 심정이었다.

"그런데 진실은 뭐예요?"

"진실? 무슨 진실?"

"한정훈 선수요. 정말 태업한 거예요?"

한예리가 조심스럽게 입을 열었다.

어쩌면 판도라의 상자일지도 모르지만 한정훈을 열렬히 응원하는 입장에서 진실을 알아야 할 것 같았다.

"아니, 그랬다면 내가 한정훈을 이만큼 예뻐하지도 않았을 거다."

최일식이 피식 웃었다. 그 역시도 미심쩍은 마음에 알아봤지만 한정훈이 태업했다는 증거는 그 어디에도 없었다.

"다행이네요."

한예리가 안도의 한숨을 내쉬었다. 덕분에 이제는 마음 편히 한정훈을 응원할 수 있을 것 같았다.

"아무튼, 앞으로도 협회와 부딪칠 일이 많을 거야. 그러니까 정신 똑바로 차리고 있으라고."

말을 마친 최일식이 한참 만에 담배에 불을 붙였다.

한예리에게 모든 걸 다 털어놓아서일까.

오늘따라 담배가 참 달았다.

7

지난 경기 결과.

13일 제1경기 사가미고등학교 2:5 한국 고교야구 대표팀.

14일 제1경기 토인고등학교 1:3 이쿠에이고등학교.

14일 제2경기 쓰루가케이고등학교 2:4 일본 고교 선발팀.

15일 제1경기 사가미고등학교 4:3 쓰루가케이고등학교.

15일 제2경기 이쿠에이고등학교 3:2 일본 고교 선발팀.

16일 제1경기 토인고등학교 2:4 한국 고교야구 대표팀.

17일 제1경기 사가미고등학교 3:4 이쿠에이고등학교.

17일 제2경기 한국 고교야구 대표팀 3:1 쓰루가케이고등학교.

18일 제1경기 일본 고교 선발팀 3:1 토인고등학교.

오늘의 경기(6월 19일).

제1경기 한국 고교야구 대표팀 : 이쿠에이고등학교.

–한국 고교야구 대표팀 선발 한정훈.

–이쿠에이고등학교 선발 하리모토 쇼타.

내일의 경기(6월 20일).

제1경기 토인고등학교 : 사가미고등학교.

제2경기 쓰루가케이고등학교 : 일본 고교 선발팀.

중간 순위.

Group A.

한국 고교야구 대표팀 3승.

이쿠에이고등학교 3승.

일본 고교 선발팀 2승 1패.

사가미고등학교 1승 2패.

토인고등학교 3패.

쓰루가케이고등학교 3패.

한일 고교야구 대항전 3라운드 결과 고교 대표팀은 코시엔 준우승팀 이쿠에이고등학교와 함께 3승으로 공동 1위에 올라 있었다.

애초 2강으로 꼽히던 사가미고등학교는 한국 대표팀에 이어 라이벌인 이쿠에이고등학교에게까지 일격을 허용하며 4위로 추락했다.

반면 끼워 맞추기 식 팀이라는 소리를 들었던 일본 고교 선발팀은 2승 1패로 3위 자리에 올라 있었다.

일본 고교 선발팀의 선전으로 결승 진출 팀은 여전히 알 수 없었다.

남은 두 경기의 결과를 통해 상위 세 팀이 물고 물리는 상황이 벌어질 수도 있었다.

하지만 적어도 오늘 경기의 승리 팀은 치열한 선두 싸움에서 유리한 고지를 선점할 수 있게 된다.

그만큼 중요한 일전을 앞두고 한국 고교 선발팀과 이쿠에이고등학교는 자신들이 보유한 최강의 카드를 꺼내 들었다.

한국 고교 선발팀은 봉황기 최우수 투수이자 사가미고등학교전 7이닝 무실점에 빛나는 한정훈을.

이쿠에이고등학교는 코시엔 최우수 투수이자 토인고등학교전 9이닝 1실점 역투를 한 에이스 쇼타를.

자연스럽게 세간의 관심이 코시엔에 집중되었다.

"일본에서 치르는 결승전에 한국 대표팀이라니. 가당치도 않지."

먼저 마운드에 오른 쇼타의 눈빛은 날카로웠다.

애당초 그의 머릿속에 한국 선발팀은 없었다. 결승전 상대는 오로지 사가미고등학교뿐이라고 생각하고 있었다.

그런 사가미고등학교를 상대로 이쿠에이고등학교는 2라

운드에 4 대 3, 한 점 차 신승을 거두었다.

그러나 쇼타는 성이 차지 않았다. 복수에는 성공했지만 자신은 마운드에 오르지 못했기 때문이다.

게다가 예상치 못한 복병의 등장으로 사가미고등학교와 결승전에서 맞붙을 가능성마저 사라졌다.

그래서 쇼타는 자신의 복수를 방해한 원흉인 한국 선발팀을 철저하게 짓밟기로 마음먹었다.

그동안은 운 좋게 승리를 챙겼는지는 모르겠지만 코시엔 최고 투수인 자신이 등판한 이상 더 이상의 요행은 없을 것이라고 확신했다.

"한정훈이라고 했지? 오늘부로 네 이름을 사람들의 뇌리에서 영원히 지워 주마."

쇼타는 159㎞/h의 패스트볼과 3색마구라 불리는 변화구를 앞세워 1회 초 한국의 1, 2, 3번 타자를 삼자범퇴로 처리했다.

투구 수는 단 10개.

오늘도 9회까지 공을 던질 예열을 끝마쳤다.

쇼타에 이어 마운드에 오른 한정훈의 표정도 밝았다. 5일간 푹 쉬고 6일 만에 등판한 경기다 보니 어깨 상태도 좋았다.

게다가 이쿠에이의 선발은 현 일본 고교야구 최고 투수라 평가받는 쇼타다.

한 번쯤 맞붙고 싶은 상대였는데 이렇게 선발 맞대결을 펼치게 됐으니 절로 호승심이 끓어올랐다.

'오늘 끝장을 보자.'

한정훈이 가볍게 로진 백을 털어냈다.

쇼타가 10구 만에 세 타자를 처리한 만큼 초반 기 싸움에서 밀릴 생각은 추호도 없었다.

하지만 일본 고교야구의 성지라는 코시엔에서 한국의 어린 투수가 또다시 활약하도록 내버려 둘 일본이 아니었다.

15장
봉인 해제

1

후앗!

번개 같은 강속구가 타자의 몸 쪽으로 날아들었다.

맞추는 재주는 타고났다는 3번 타자 강동수가 힘껏 방망이를 휘둘러봤지만 쇼타의 공은 그보다 먼저 포수 미트 속으로 빨려 들어갔다.

퍼엉!

요란한 포구음이 코시엔을 뒤흔들었다.

그 소리가 어찌나 크던지 심판의 삼진 아웃 콜이 파묻힐 정도였다.

잠시 후 전광판에 쇼타의 구속이 찍혔다.

159km/h.

"와아아아!"

"쇼타! 역시 쇼타!"

관중석에서 우레와 같은 함성이 터져 나왔다.

쇼타가 경기 초반부터 대회 최고 구속을 갈아치운 것이다.

종전 최고 구속은 158km/h.

오사카 토인고등학교와의 1차전에서 쇼타가 세운 기록이었다. 그러나 정작 쇼타의 얼굴은 덤덤했다. 159km/h는 지난 코시엔 때도 몇 번이고 던진 구속이다.

비공식적으로는 최대 161km/h까지 찍어보았으니 구속에 대해서는 큰 미련이 없었다. 그보다는 한일 고교야구 대항전 최고 투수 자리가 욕심났다.

경기 시작 전부터 일본의 언론들은 한목소리로 떠들어댔다.

쇼타 VS 한정훈. 한일 고교야구 최고 투수를 가린다.

쇼타는 자신과 한정훈을 엮으려 드는 언론이 마음에 들지 않았다. 한정훈이 사가미고등학교를 상대로 호투하긴 했지만 그뿐이다.

고작 한국의 고교야구 선수가 자신과 같은 레벨이라고는 단 한 번도 생각해 본 적이 없었다. 그래서 오늘 경기에서 모두에게 똑똑히 보여줄 생각이었다.

일본과 한국 야구의 현격한 수준 차이를 말이다.

'어차피 오늘 경기의 주인공은 나다.'

마운드를 내려오던 쇼타의 시선이 잠시 한국 측 더그아웃으로 움직였다.

정확하게는 더그아웃을 막 빠져나오는 한정훈에게 향했다.

한정훈과 눈이 마주치자 쇼타가 기다렸다는 듯이 검지를 까닥거렸다.

덤벼 봐.

그러고는 홱 하고 일본 측 더그아웃으로 몸을 돌렸다.

'뭐하냐, 너.'

한정훈은 순간 헛웃음이 났다.

아무리 어려도 그렇지 저런 유치한 도발이라니. 화가 나기는커녕 어이가 없을 정도였다.

하지만 한편으로는 쇼타의 도발이 싫지가 않았다.

단순히 반한(反韓) 감정이 아니라 자신을 라이벌로 의식하는 것이라면 말이다.

현 일본 고교 리그 투수 랭킹 1위.

선발 고등학교 야구 대회(코시엔) 최우수 투수.

프로 구단이 뽑은 고교 유망주 랭킹 1위.

현시점에서 쇼타는 일본 고교야구 최고의 투수였다. 그것도 급이 다른 투수였다.

언론에서는 오타니 쇼헤의 대를 잇는 투수라고 극찬할 정도였다.

만약 쇼타가 연투로 지치지 않았다면 코시엔 정상을 차지하는 건 사가미고등학교가 아니라 이쿠에이고등학교였을 거라는 의견이 지배적이었다.

그만큼 쇼타는 일본 고교야구가 배출한 최고의 스타였다.

한정훈의 기억 속에도 쇼타는 어마어마한 투수였다.

일본 프로 리그를 평정하고 25살의 어린 나이에 메이저리그에 진출해 10년 동안 무려 120승을 챙겼으니 국적을 떠나 존경스러울 수밖에 없었다.

그런데 과거로 돌아오고 나서 그런 대단한 투수와 맞붙을 기회가 생겼다. 그것도 한일 고교야구 대항전이라는, 결코 물러설 수 없는 자리에서 말이다.

두쿵. 두쿵.

마운드에 올랐을 뿐인데 벌써부터 심장이 쿵쾅거렸다.

10구 만에 삼자범퇴.

두 개의 탈삼진.

최고 구속 159km/h.

신경 쓰지 않으려 했지만 쇼타의 호투가 자꾸만 눈앞에 아른거렸다.

'침착하자.'

한정훈이 천천히 숨을 골랐다. 괜히 쇼타를 의식하다 오버페이스를 해봐야 득이 될 건 하나도 없었다.

게다가 팀 사정상 최대한 오래 이닝을 끌고 가야 하는 상황이었다.

현재 고교 선발팀의 불펜 피로도는 상당했다.

사가미고등학교전 승리 이후 내리 3연승을 거두면서 불펜을 최대한 활용한 탓이었다.

이규환과 박진우가 전 경기에 등판해 3이닝씩을 책임지고 있었다. 어깨가 온전치 않은 이승민도 앞선 두 경기에 모두 등판하는 투혼을 선보였다.

거기에 윤형진마저 지난 경기에서 계투로 3이닝을 소화했다.

덕분에 오늘 경기에서 한정훈이 마운드를 내려온 다음에 올릴 만한 투수가 마땅치 않은 상황이었다.

반면 한정훈은 사정이 좋았다.

사가미고등학교전 이후 5일을 쉬고 등판한 것이니 체력적으로 문제가 없었다. 게다가 오늘 경기 이후에도 최소 4일 이상의 휴식이 보장되어 있었다.

순위가 확정된 게 아니다 보니 다음 등판 예정일은 아직 유동적이었다. 한국이 3, 4위 결정전으로 밀릴 경우 24일이고 한국이 결승전에 진출하면 25일이었다.

하지만 어느 쪽이든 한정훈은 충분한 휴식을 취하고 다음 경기에 임할 수 있었다.

반면 대표팀은 이틀 후에 일본 고교 선발팀과 마지막 예선 경기를 치러야 하는 상황이었다.

일본 고교 선발팀과의 경기에 선발 예정된 선수는 2선발 성진우였다.

그러나 급체한 이후로 성진우는 정상 컨디션이 아니었다.

만약을 대비해 3선발인 송근영까지 준비를 시키겠지만 큰 활약을 기대하긴 어려웠다.

선발 타입인 송근영의 휴식일이 짧은 탓이었다.

결국 오늘 경기 결과에 따라 다음 경기에서 불펜을 또다시 전부 쏟아부어야 하는 상황이 생길 수도 있었다.

그래서 경기 전 박찬오는 한정훈에게 마운드에서 최대한 오래 버텨 달라고 주문했다.

불펜의 피로도를 떠나 이쿠에이고등학교의 에이스 쇼타가 완투형 투수인 점을 감안했을 때 한정훈이 긴 이닝을 소화해 주지 못한다면 오늘 경기는 승산이 없다고 판단한 것이다.

한정훈도 박찬오의 생각에 전적으로 동의했다.

그래서 가급적이면 박찬오의 기대에 부응하고 싶었다.

하지만 완투라는 게 의욕만 앞선다고 할 수 있는 건 결코 아니었다.

이닝당 평균 투구 수를 15구로 잡았을 때 9회까지 총 투구 수는 135구.

어깨 재활을 끝마치고 새로운 투구 폼에 익숙해져 가는 한정훈에게는 확실히 부담스러운 개수였다.

한정훈이 스스로 생각하는 한계 투구 수는 대략 100구였다. 그리고 그 100구 안에 완투하기 위해서는 이닝당 11구 이내로 승부를 봐야 한다는 계산이 나왔다.

11구로 세 타자를 상대하려면 적당히 맞춰 잡는 수밖에 없었다.

그렇다면 쇼타처럼 힘으로 찍어 누르기보다 강약을 조절하는 영리한 투구를 펼칠 필요가 있었다.

'일단은 이기는 게 먼저니까.'

손가락에 묻은 로진 가루를 털어내며 한정훈이 이만호를 바라봤다.

초구 사인은 포심 패스트볼.

코스는 바깥쪽 스트라이크.

노림수를 가지고 들어온 타자라 해도 쉽게 공략하기 어려운 공이었다.

한정훈은 가볍게 고개를 끄덕였다. 그리고 미트를 향해 재빨리 공을 던졌다.

파앙!

순식간에 날아든 공이 홈 플레이트 가장자리를 훑은 뒤 포수 미트 속으로 빨려 들어갔다.

전광판에 찍힌 구속은 154㎞/h.

쇼타의 구속에는 미치지 못했지만 제구에 신경 쓴 공이라는 걸 감안했을 때 나쁘지 않았다.

'좋아, 좋아.'

이만호가 만족스러운 얼굴로 고개를 끄덕거렸다. 이렇게 초구를 잡고 가면 다음 공을 리드하기 편했다.

그런데…… 당연히 나와야 할 심판의 스트라이크 콜이 들리지 않았다.

이만호가 의아한 눈으로 뒤를 돌아봤지만 마찬가지였다.

오히려 심판은 빨리 플레이를 진행하라며 손짓을 했다.

"볼이라고? 내가 좀 빠져 앉았나?"

한정훈에게 공을 돌려준 뒤 이만호는 일부러 한가운데에 자리를 잡고 앉았다.

바깥쪽 공을 포구할 때 살짝 빠져 앉았던 게 심판의 판정에 오해를 불러일으켰을지 모른다고 생각했다.

이만호는 2구째도 1구와 같은 사인을 냈다.

1번 타자가 한정훈의 포심 패스트볼에 제대로 대처하지 못한 것 같으니 허를 찔러보자는 계산이었다.

파앙!

한정훈이 던진 공이 이만호의 미트 속에 정확하게 빨려 들어왔다.

전광판에 찍힌 구속은 152km/h.

스트라이크를 의식한 듯 구속은 조금 줄어들었지만 궤적은 1구보다 조금 더 홈 플레이트 안쪽을 지났다.

이만호는 이 공은 당연히 스트라이크라고 생각했다.

그러나 이번에도 심판의 스트라이크 콜은 없었다. 바깥쪽에 꽉 차는 이 코스를 아예 볼로 보는 것이다.

"뭐야, 진짜?"

이만호가 어처구니없다는 표정을 지었다.

공이 빠진 것도 아니고 낮은 것도 아니었다.

왼쪽 타석에 들어선 타자가 방망이를 뻗으면 충분히 맞출

수 있는 공이었다.

그런데도 스트라이크를 주지 않는다는 건 의도적인 판단이라고 볼 수밖에 없었다.

이만호가 타임을 부르고 자리에서 일어났다. 그리고 냉큼 한정훈에게 달려갔다.

"빠졌냐?"

한정훈이 스파이크의 흙을 털어내며 물었다. 표정은 무심했지만 목소리는 살짝 짜증스럽게 변해 있었다.

"전혀. 완벽한 스트라이크였어."

"그럼? 미트질 했어?"

"미트질 할 게 뭐가 있어. 완벽하게 들어왔는데."

이만호가 평소답지 않게 단호하게 대답했다. 그러면서 완벽하다 라는 표현을 계속해서 썼다.

투구도 완벽하고 포구도 문제 될 게 없었다. 말 그대로 완벽한 스트라이크다. 그런데 볼이 선언됐다.

이쯤 하면 뭐가 문제인지는 뻔했다.

그러나 이 상황에서 투수와 포수가 머리를 맞댄들 할 수 있는 건 많지 않았다.

"그럼 됐어. 가 봐."

두어 번 크게 숨을 고른 뒤 한정훈이 이만호의 가슴을 툭 하고 쳤다.

"뭘 어떻게 하게?"

이만호가 물었다. 이 상황에서는 바깥쪽 꽉 찬 스트라이크는 전부 볼이 될 수밖에 없었다.

"어떻게 하긴 뭘 어떻게 해. 스트라이크존을 좁혀 봐야지. 설마 한가운데 들어오는 공까지 볼이라고 하겠냐?"

한정훈이 애써 웃었다.

물론 화도 나고 짜증도 났지만 감정적으로 굴어봐야 좋을 건 없었다. 그보다는 적당히 심판의 권위를 인정해 주며 실리를 챙기는 편이 나았다.

"알았어. 그럼 일단 스트라이크존 한 번만 더 체크해 보자."

"그래, 몇 개 버린다고 생각할 테니까 네 마음대로 해봐."

포수석으로 돌아간 이만호는 또다시 바깥쪽 공을 요구했다.

코스는 홈 플레이트 위를 지나는 스트라이크.

3연속 포심 패스트볼을 던질 경우 타자의 눈에 익을 수 있기 때문에 구종은 체인지업으로 바꿨다.

한정훈은 가볍게 고개를 끄덕거렸다. 그리고 이만호가 원하는 대로 정확하게 공을 찔러 넣었다.

타자가 노렸다면 충분히 공략 가능한 공이었지만 다행히도 방망이는 나오지 않았다.

퍼엉!

한 치의 흔들림도 없이 포구한 이만호가 심판의 판단을 기다렸다.

그러자 심판이 마지못한 목소리로 말했다.

"스트라이크."

바깥쪽 공을 잡아주지 않는다 해도 홈 플레이트 위를 지나는 공까지 볼이라 우길 수는 없는 모양이었다.

스트라이크가 선언되자 타자가 묵묵히 고개를 끄덕거렸다.

그 표정이 마치 '저 공부터는 쳐 내야겠군'이라고 말하는 것 같았다.

'크으으!'

이만호는 속으로 열불이 났다.

본래라면 3구 삼진을 먹고 들어가야 할 타자가 뻔뻔스럽게 방망이를 들고 있었다.

그것도 초반보다 반 발자국, 홈 플레이트에서 떨어진 채로 말이다.

타자의 의도는 뻔했다. 바깥쪽 승부가 어려워진 투수가 몸쪽 승부를 해올 것이라고 예측한 것이다.

'어찌한다.'

고심하던 이만호가 한가운데 높은 스트라이크를 요구했다.

구종은 너클 커브.

초반에 보여주긴 아까웠지만 지금은 타자의 노림수를 피해 스트라이크를 늘려야 하는 상황이었다.

한정훈도 이만호의 사인에 동의했다. 4구를 또다시 바깥쪽에 밀어 넣기란 확실히 부담스러웠다.

그렇다고 타자가 벼르고 있는 몸 쪽에 공을 던지는 것도 현명한 선택은 아니었다.

잠시 숨을 고른 뒤 한정훈이 힘껏 공을 던졌다.

후욱!

한정훈의 손끝을 빠져나간 공이 느릿하게 날아가더니 홈플레이트 앞에서 묘한 궤적을 그리며 떨어졌다.

설마하니 너클 커브가 들어올 것이라고는 예상하지 못했던 듯 타자는 이번에도 방망이를 내밀지 못했다.

파앗!

가슴 높이에서 포구를 한 이만호가 입가를 비틀어 올렸다.

그야말로 타자의 허를 찌르는 완벽한 스트라이크가 들어왔다고 확신한 것이다.

그러나 심판은 이만호와 생각이 다른 모양이었다.

"볼."

"……뭐라고요?"

"볼!"

심판이 단호하게 볼을 외쳤다.

지금까지 볼은 별도의 콜을 하지 않았지만 이번에는 이례적으로 볼이라고 못을 박은 것이다.

"어째서요!"

이만호가 고개를 돌려 심판을 노려봤다.

그러자 심판이 용케도 그 말을 알아듣고는 가슴 위쪽으로 손을 움직였다.

말인즉 한정훈이 던진 너클 커브의 궤적이 높았다는 것이다.

"미치겠네. 진짜."

이만호의 입에서 절로 짜증이 터져 나왔다.

너클 커브가 크게 꺾여 들어왔다고 해서 볼을 주다니.

그건 앞으로 너클 커브를 던지지 말라는 소리나 마찬가지였다.

스트라이크를 잡으려고 던지면 궤적이 높다는 이유로 또 볼을 줄 것이다. 그렇다고 낮게 던지면 포구 위치가 낮아서 자연스럽게 볼이 될 수밖에 없었다.

"젠장할."

황당한 심판의 판정에 한정훈도 더는 표정 관리가 되지 않았다. 어지간하면 원정 페널티를 감내하려 했지만 이건 선을 넘어섰다.

16년간 프로 생활을 하면서 한정훈도 별의별 심판을 다 만나봤다.

개중에는 신인 투수를 길들이려는 심판도 있었고 선수의 이름값에 따라 스트라이크존을 넓혔다 좁혔다 하는 심판도 있었다.

하지만 눈앞의 심판처럼 뻔뻔스럽게 편파 판정을 해대는 인간은 처음이었다.

마음 같아선 마스크 뒤에서 히죽거리는 심판의 면상에 포심 패스트볼을 던져 버리고 싶었다.

하지만 그랬다간 곧바로 퇴장 명령이 날아들 것 같았다.

그렇다고 심판의 의도대로 좁디좁은 스트라이크존에 공을 던질 수도 없는 노릇이었다.

'계속 그따위로 하겠다 이거지? 좋아. 어디 누가 이기나 해보자!'

한정훈이 질근 입술을 깨물었다. 그러고는 이만호의 사인도 확인하지 않은 채 곧장 공을 던졌다.

후아앗!

빠르게 날아간 공이 홈 플레이트 바깥쪽에 걸쳐 들어갔다.

이만호가 다급히 미트를 움직여 잡아냈지만 코스상으로는 분명 스트라이크였다.

그러나 고집스러운 심판이 앞서 볼을 줬던 코스에 이제 와 스트라이크를 선언할 리 없었다.

"볼!"

심판이 짜증스럽게 볼을 외쳤다. 타자가 그럴 줄 알았다며 방망이를 휙 던지고는 1루로 뛰어갔다.

"정훈아, 진정해!"

이만호가 자리에서 일어나 마음을 가라앉히라는 사인을 보냈다.

하지만 한정훈은 그 사인을 보지 않았다.

대신 저만치 운동장을 찍고 있는 중계 카메라를 바라봤다.

—한국의 한정훈 선수. 1번 타자 스키자와 선수에게 결국 볼넷을 허용합니다.

—네, 대단히 아까운 코스의 공이었습니다. 하지만 오늘 구심은 바깥쪽에 상당히 엄격합니다. 이미 1구와 2구에서 확인했을 텐데 또다시 바깥쪽을 공략한 건 무리였다고 봅니다.

—어, 그런데 한정훈 선수. 중계 카메라를 쳐다보는 것 같은데요.

—그렇네요. 설마 이것도 쇼맨십인가요?

—아, 지금 중계 카메라를 향해 뭐라고 말을 한 것 같은데요. 잠시만요. 다시 한 번 보겠습니다.

한정훈의 돌발 행동에 일본의 중계 부스가 소란스러워졌다. 경기 도중에 중계 카메라를 바라보는 선수도 드물었지만 카메라를 향해 뭔가 말을 한 선수는 없다시피 했다.

"이건 분명 욕이야."

"잘 걸렸다. 이 애송이 녀석! 이번 기회에 단단히 망신을 주자!"

중계팀은 한정훈이 심판 판정에 불복하고 대놓고 욕지거리를 내뱉었을 것이라고 확신했다.

그러나 정작 느린 화면으로 확인한 결과는 달랐다.

오모시로이.

일본어로 '재미있다'라는 말을 한 것이다.

-오모시로이네요. 대체 뭐가 재미있다는 것일까요?

-저 한국의 투수. 예전에도 말했지만 쇼맨십이 지나쳐요. 분명 자신의 미스일 텐데 겸손하게 받아들이지 못하고 있습니다.

-말씀드리는 순간 한정훈 선수 바뀐 타자를 상대로 초구 던집니다. 허! 이번에도 바깥쪽 직구입니다.

-정말 고집스럽네요.

-한정훈 선수, 2구 던집니다. 이번에도 바깥쪽 직구.

-지금 뭐하자는 거죠? 설마 포수 사인을 반대로 읽고 있나요?

-한정훈 선수, 3구 던집니다. 하하. 우연일까요, 또 바깥

쪽이네요.

—이건…… 정말 생각 없는 행동입니다. 저건 팀을 망치는 짓이에요!

—저 역시 동감입니다. 하지만 볼카운트가 0–3로 몰려 있으니 또다시 바깥쪽 공을 던지지는……. 이런, 한정훈 선수. 4구 연속 같은 코스에 공을 던지면서 두 번째 볼넷을 허용합니다. 아무래도 사가미고등학교전에 등판했던 그 한정훈 선수가 아닌 모양입니다.

—저런 바보 같으니! 저 코스는 볼이에요. 볼! 무조건 볼입니다! 한정훈이 아니라 쇼타가 던져도 볼이에요. 심판이 볼이라면 볼인 겁니다아!

—어쩌면 몸 쪽 승부에 자신이 없는 것인지도 모르겠는데요.

—그렇다면 자진해서 마운드를 내려와야죠! 투수로서 자격 미달입니다!

한정훈이 스트레이트 볼넷을 내주자 중계진이 발칵 뒤집혔다. 한일 고교야구 대항전이라는 축제를 한정훈이 개인적인 감정으로 망치고 있다며 분노를 감추지 못했다.

그러나 한정훈의 기행은 여기서 끝나지 않았다.

3번 타자를 맞아 또다시 4구 연속 바깥쪽 패스트볼을 던지며 3번째 사사구를 내준 것이다.

순식간에 무사 만루가 되자 박찬오가 이만호에게 사인을 냈다. 마운드에 올라가서 한정훈의 상태를 확인해 보라는 것이었다.

"이 미친놈아! 너 제정신이야?"

마운드로 달려온 이만호가 기다렸다는 듯이 욕지거리를 쏟아냈다.

아무리 화가 나도 그렇지 자신의 사인도 무시하고 연속 사사구를 내주다니!

도대체 무슨 생각인지 도저히 이해가 가지 않았다.

하지만 한정훈은 단순히 감정적인 이유로 일을 벌인 건 아니었다.

"내가 이만큼 했으니까 쇼타도 바깥쪽으로는 스트라이크 받기 어려울 거야."

"뭐? 그럼 고작 그것 때문에 이랬던 거야?"

"고작 그거라니? 내가 꼬리를 내리고 도망 다녔으면 심판은 결정적인 순간마다 볼을 선언했을 거야. 그럼 난 심판 판정 때문에 매번 어려운 승부를 해야 했을 거고. 너도 그 정도는 알잖아?"

"그렇다고 무사 만루를 만드냐!"

이만호가 버럭 소리를 내질렀다. 그러자 한정훈이 능청스럽게 이만호의 어깨를 감싸 안았다.

"조용히 좀 해. 남들이 들으면 싸우는 줄 알겠다."

"그게 지금 이 상황에서 할 말이야?"

"흥분하지 좀 마. 야수들도 참고 지켜보는데 포수가 흥분해서 어쩌자는 거야?"

"크으으으!"

"어쨌든, 지금부터 내 말 잘 들어."

"뭐? 또 뭔 사고를 치려고?"

"사고를 치는 게 아니라 수습을 할 거다."

"수습? 방법이라도 있는 거야?"

"그래, 그러니까……."

한정훈이 이만호만 들을 듯한 목소리로 뭔가를 중얼거렸다.

그러자 살짝 미간을 찌푸리던 이만호가 마지못한 얼굴로 마운드에서 내려왔다.

그 모습이 중계 카메라를 통해 고스란히 전해졌다.

-한국의 배터리. 작전 회의를 한 모양인데요.

-늦었어요. 솔직히 이 상황에서 작전이랄 게 있겠습니까?

-그렇겠죠? 아, 카메라에 잡힌 포수의 표정을 보니 묘수가 없나 봅니다.

-그야 당연하죠. 무사 만루에서 4번 타자잖습니까?

―여기서 한국 배터리가 원하는 최상의 시나리오라면 4번 타자가 병살을 쳐주는 것일 텐데요.

―그게 말처럼 쉽지가 않아요. 병살을 유도하려면 과감하게 몸 쪽 승부를 들어가야 하는데 지금 투수에게 그런 투지는 없으니까요.

―그럼 또다시 바깥쪽 승부를 해야 하나요?

―어렵게 승부해야죠. 그러다 4번을 거르게 되더라도 말입니다.

일본의 중계진은 이만호의 어두운 얼굴이 궁지에 몰린 상황 때문이라고 단언했다.

투수가 제 역할을 하지 못하는 상황에서 포수 혼자서 힘든 짐을 짊어지고 있다며 이만호를 동정하기까지 했다.

하지만 정작 이만호의 표정이 굳어진 이유는 따로 있었다.

'그걸 쓰려면 빨리 쓰지. 왜 하필 만루야. 하나라도 빠뜨리면 점수를 내주는데.'

마스크를 고쳐 쓰며 이만호가 속으로 중얼거렸다.

그리고 잠시 뒤, 한정훈이 투수판을 밟고 투구를 시작했다.

―말씀드리는 순간 한정훈 선수. 와인드업에 들어갑니……?

—응? 갑자기 와인드업이요?

전혀 예상치 못했던 변화에 일본의 중계진이 눈을 치떴다.

그건 여차하면 걸어 나갈 생각을 하던 4번 타자도 마찬가지였다.

'와인드업이라니! 젠장! 승부인가?'

4번 타자가 다급히 타이밍을 맞췄다.

하지만 한정훈의 손끝에서 빠져나온 공은 그가 생각하는 것보다 훨씬 빨리 홈 플레이트를 뚫고 지났다.

퍼어엉!

미트 소리가 사납게 울려 퍼졌다. 뒤이어 이만호의 입에서 신음 소리가 흘러나왔다.

"크으, 빌어먹을 자식."

이만호가 이를 악문 채로 심판을 바라봤다.

이건 고민할 것도 없는 스트라이크였다. 그야말로 한복판으로 들어왔으니 말이다.

그러나 심판은 스트라이크 콜을 하지 않았다. 아니, 하지 못했다.

그의 눈앞에 떠오른 말도 안 되는 숫자 때문이었다.

162㎞/h.

'뭐, 뭐야!'

심판의 입이 쩍 하고 벌어졌다. 설마하니 이런 상황에서 160㎞/h가 넘는 강속구가 터져 나올 것이라고는 상상조차 하지 못한 얼굴이었다.

충격에 빠진 건 관중들도 마찬가지였다.

"세, 세상에……!"

"저게…… 말이 돼?"

믿기지 않는다는 눈으로 몇 번이고 전광판을 확인하고 또 확인했다.

"허……!"

무관심한 얼굴로 경기를 지켜보던 쇼타도 자리에서 벌떡 일어났다.

한정훈이 너무나 쉽게 무너져서 흥미가 반감되려던 차였는데 난데없이 162㎞/h라니!

이걸 어떻게 받아들여야 할지 당혹스러울 지경이었다.

그러나 정작 코시엔을 침묵에 빠뜨린 당사자의 표정은 시큰둥하기만 했다.

"이렇게 던지려고 아껴뒀던 게 아니었는데."

한정훈이 쓴웃음을 지었다.

새로운 투구 폼에 완벽하게 적응하기 전까지는 와인드업 투구를 최대한 자제할 생각이었는데 뜻하지 않게 봉인을 해제하고 말았다.

하지만 후회는 없었다.

기왕 이렇게 된 이상 틈만 나면 심판을 회유해 장난을 치는 일본의 못된 버르장머리를 완전히 뜯어고쳐 놓을 생각이었다.

"어쨌든. 진짜 경기는 이제부터 시작이다."

천천히 와인드업을 시작하며 한정훈이 한쪽 입꼬리를 비틀어 올렸다.

그렇게 한정훈의 일방적인 무력시위가 시작됐다.

2

퍼엉!

묵직한 포구음이 코시엔에 울려 퍼졌다.

전광판에 찍힌 구속은 160km/h.

오늘 경기에서 네 번째로 나온 160km/h대 강속구였지만 관중들은 침묵을 지켰다.

조용해진 건 중계진도 마찬가지였다.

−2구째도 스트라이크.

−네, 그렇네요.

—한정훈 선수, 와인드업 들어갑니다.

조금 전까지만 해도 한정훈을 형편없는 투수로 매도하던 해설자의 말수가 급격히 줄어들었다.

캐스터도 마찬가지. 기본적인 정보만 전달하며 시청자들을 자극할 수 있는 단어는 극도로 아꼈다.

하지만 그렇다고 해서 한정훈의 투구가 빛이 바래는 건 결코 아니었다.

퍼엉!

"스트라이크! 아웃!"

3구째 한복판에 들어오는 패스트볼을 바라만 보던 5번 타자 야마미야가 고개를 떨군 채 더그아웃으로 들어갔다.

3구 삼진.

그토록 자신 있어 하는 패스트볼이 연속 세 개나 들어왔는데 끝내 방망이를 내밀지 못했다.

뒤이어 등장한 6번 타자 코지로도 마찬가지.

"스트라이크! 아웃!"

4번과 5번 타자가 연속 삼진으로 나가떨어지는 상황에서 코지로라고 별수가 있을 리 없었다.

그렇게 무사 만루 기회가 잔루 만루를 남기며 사라졌다.

3연속 탈삼진, 그리고 3연속 3구 삼진.

160㎞/h를 넘나드는 한정훈의 위력적인 포심 패스트볼 앞에 이쿠에이고등학교의 타자들은 바짝 얼어붙어 버렸다.

반면 한국의 고교 대표팀의 분위기는 뜨거웠다.

"나이스 피칭!"

"짜식! 잘했어! 최고다!"

야수들이 한걸음에 달려와 한정훈의 엉덩이를 두드렸다.

더그아웃에서 대기 중인 선수들도 한 명도 빠짐없이 밖으로 나와 한정훈을 반겼다.

그만큼 한정훈이 보여준 피칭은 경이로웠다.

3연속 사사구로 무사 만루를 만들 때만 해도 왜 이러나 했는데 갑자기 스위치가 켜진 것처럼 160㎞/h가 넘는 강속구 하나로 세 타자를 무자비하게 짓밟아버렸다.

그것도 일본 고교야구의 성지라 불리는 코시엔에서 말이다. 덕분에 쇼타의 강속구에 눌려 반쯤 꺼졌던 야수들의 투지가 다시 불타오르기 시작했다.

이겨야 한다는 부담감이 이길 수 있다는 자신감으로 변했다.

한정훈이 지금처럼만 던져 준다면 쇼타에게 한 점만 뽑아내도 충분할 것 같았다.

투수들도 한정훈의 주변으로 우르르 몰려들었다.

성진우와 윤형진은 한정훈에게 서로 물을 가져다주겠다고 아웅거렸고 이승민과 송근영은 한정훈의 어깨를 붙든 채 마사지를 시작했다.

박진우와 이규환도 어떻게든 한정훈과 눈을 맞추려고 안달이었다.

물론 사가미고등학교전 이후로 투수들은 내심 한정훈을 에이스로 인정하고 있었다.

하지만 이 정도까진 아니었다.

에이스라고 해도 선후배 간의 서열은 명확했는데 이제는 그 위계질서마저 사라졌다.

그것도 선배 선수들의 자발적인 의사에 의해서 말이다.

"그만 좀 해요. 누가 보면 완봉이라도 한 줄 알겠네."

한정훈이 멋쩍게 웃었다.

확 달라진 더그아웃의 분위기를 보고 있자니 어깨 빠지게 공을 던진 보람은 있는 것 같았다.

하지만 그 이유가 고작 160㎞/h의 강속구 때문이라는 사실이 한편으로는 씁쓸했다.

대표팀에 합류한 이후로 한정훈은 늘 자신이 할 수 있는 최선의 공을 던졌다.

보직을 따지지도 않았고 컨디션을 내세우지도 않았다.

박찬오가 지시하면 군말 없이 공을 던졌다.

생애 처음으로 어깨에 태극 마크를 달았으니 당연히 그 정도는 해야 한다고 여겼다.

사가미고등학교전도 그런 마음으로 임했다.

그래서 만약에 선수들에게 인정받는다면 지난 노고를 인정받고 싶었다.

160km/h의 강속구에 그동안 열심히 했던 것들이 묻혀 버리는 건 솔직히 달갑지가 않았다.

그러나 몸만 컸지 생각은 어린 고등학교 선수들에게 헌신과 희생을 봐 달라고 주문하는 건 무리였다.

그때였다.

"정훈아, 감독님이 찾으신다."

최인섭이 선수들을 헤치고 한정훈에게 다가왔다.

"네."

수건으로 땀을 훔치며 한정훈이 박찬오의 앞에 섰다.

그러자 박찬오가 짐짓 심각한 표정을 지어보였다.

"어깨는 괜찮니?"

"……예?"

"방금 강혁 선배한테 문자 왔다. 너 와인드업 포지션으로 던지면 어깨에 무리가 간다고 말려 달라고 하시더라."

"그게……."

한정훈은 순간 머릿속이 복잡해졌다. 이 상황에서 뭐라고 변명해야 할지 판단이 서질 않았다.

하지만 박찬오는 한정훈을 나무라기 위해 부른 게 아니었다.

"그래도 고맙다."

"……예?"

"잘 싸워 줘서 고맙다고."

박찬오가 피식 웃으며 한정훈의 어깨를 감싸 쥐었다.

키는 큰 편이었지만 아직 한정훈의 어깨는 프로 선수들처럼 단단하지 못했다.

그런데도 160㎞/h가 넘는 강속구를 던졌으니 얼마나 전력을 다했을지는 물어볼 필요조차 없었다.

그래서 박찬오는 한정훈이 고맙고 대견했다.

개인적인 이익을 위해서가 아니라 태극 마크를 달고 최선을 다해 줘서 더 고마웠다.

"감독님이 절 믿어주셨으니까요."

한정훈이 뒷머리를 긁적거렸다.

무사 만루가 될 때까지 박찬오는 단 한 번도 마운드에 오르지 않았다.

심판의 편파 판정과 싸우는 한정훈을 위해 불필요한 지시도 내리지 않았다.

무사 만루가 되고 나서도 직접 움직이기보다 이만호를 마운드로 보내 한정훈을 한 번 더 배려했다.

박찬오가 뚝심 있게 믿고 기다려 줬기 때문에 한정훈도 부담 없이 와인드업 포지션으로 투구 스타일을 바꿀 수 있었다.

"녀석."

박찬오가 한정훈의 머리를 쓰다듬었다.

다 큰 선수들에게 필요 이상의 애정 표현을 하는 성격은 아니었지만 한정훈은 보면 볼수록 꼭 친동생 같은 느낌이 들었다. 그래서 박찬오는 한정훈이 부상 없이 오래도록 선수 생활을 유지하길 바랐다.

좋은 성적을 내고 싶다는 욕심에 한정훈이라는 꽃이 피기도 전에 시들게 만들고 싶지 않았다.

"그래도 와인드업 포지션은 이번 이닝까지다. 다음 이닝부터는 정상 투구 해."

박찬오가 이내 표정을 바꿨다. 한정훈의 미래를 위해서라도 강혁의 부탁을 들어주는 게 옳아 보였다.

그러나 한정훈도 무턱대고 와인드업 포지션에서 공을 던진 건 아니었다.

"3이닝까진 가능해요."

"뭐?"

"패스트볼 하나라면 3이닝까지는 별 무리 없어요. 어깨가 좀 많이 붓긴 하지만 결승전까진 여유가 있으니까요."

한정훈이 담담한 목소리로 말했다. 애당초 계획했던 투구 이닝은 3이닝이었다.

조금 더 독하게 마음먹으면 그 이상도 가능하긴 했지만 그랬다간 결승전에 지장이 생길 수도 있었다.

3이닝이면 최소 9타자를 상대할 수 있다. 9명의 타자에게 전력 피칭을 선보이면 다들 중압감에 빠져들 터. 그 이후에 원래대로 피칭 스타일을 바꿔도 충분할 것이라 판단했다.

"흠……."

박찬오가 나직이 신음했다.

선수 보호 차원에서는 어떻게든 한정훈을 만류해야 옳았다. 하지만 선수의 투지를 무작정 꺾는 것도 능사는 아니었다.

야구 선배가 아닌, 감독의 입장에서도 한정훈이 3회까지 완벽하게 틀어막아 주는 편이 좋았다.

이번 이닝을 끝으로 본래 투구로 돌아간다면 잠시 혼란에 빠졌던 이쿠에이고등학교 타자들도 정신을 차릴 가능성이 컸다.

하지만 한정훈이 최소 한 타순을 막아준다면, 그다음부터는 경기의 분위기를 완전히 이쪽으로 가져올 수 있을 터였다.

"잠깐만 기다려 봐라."

박찬오는 즉시 강혁에게 문자 메시지를 보냈다. 한정훈의 의사와 자신의 생각을 함께 전했다.

그리고 잠시 후.

강혁이 조건부 답장을 보내주었다.

그럼 결승전 선발을 포기시켜 주세요.

"흠……."

박찬오가 살짝 미간을 찌푸렸다.

만약 오늘 경기에서 승리한다면 고교 선발팀은 이변이 없는 한 결승전에 안착할 것이다.

일본 고교 선발팀과의 경기가 남아 있지만 사가미고등학교나 이쿠에이고등학교보다 한 수 아래로 평가되는 만큼 승산은 충분하다고 판단했다.

그리고 계획대로 고교 선발팀이 결승전에 오른다면 박찬오는 한정훈을 선발로 내세울 생각이었다.

투수 로테이션상 1선발이 등판해야 하는 경기이기도 했지만 한정훈 이외에는 대안이 없었다.

결승전 상대가 또다시 이쿠에이고등학교일 가능성이 크기 때문이다.

만약 이 경기에서 한정훈을 내세우지 못한다면 남은 선발투수는 송근영뿐이다.

송근영도 분명 좋은 선수이기는 하지만 이쿠에이고등학교의 에이스 쇼타와 맞붙일 정도는 아니었다.

그렇다고 무작정 강혁의 요구를 받아들이기도 아쉽기만 했다.

"네가 직접 판단해라."

고심 끝에 박찬오는 핸드폰을 아예 한정훈에게 보여주었다.

그러자 한정훈이 피식 웃음을 흘렸다.

"이럴 줄 알았어요."

"알았어?"

"네, 원한다고 모든 걸 가질 수 없다는 게 감독님의 철학이거든요."

"그래서? 넌 어떻게 할 생각인데?"

박찬오가 한정훈을 바라봤다.

"역으로 제안해 봐야죠."

한정훈이 기다렸다는 듯이 대답했다.

"역으로?"

"네, 아마 감독님은 제 정확한 상태를 모르기 때문에 걱정하시는 걸 거예요. 그러니까 걱정할 필요 없다는 걸 알려드려야죠."

한정훈은 박찬오를 대신해 강혁에게 새로운 제안이 담긴 문자를 보냈다.

남은 2이닝을 24구 이내로 끝마치겠다는 것이었다.

물론 이 제안을 곧이곧대로 받아들일 강혁이 아니었다.

하지만 적어도 그 정도는 문제없다는 걸 어필할 필요는 있었다.

2이닝 20구 제한 투구로 하시죠. 그게 가능하다면 더 이상 왈가왈부하지 않겠습니다.

예상대로 강혁이 제안을 받아들였다.

"와우, 너 어떻게 한 거냐?"

박찬오가 놀랍다는 표정을 지었다. 그러자 한정훈이 별것 아니라며 어깨를 가볍게 으쓱여 보였다.

"제가 감독님을 하루 이틀 겪은 것도 아닌데요, 뭘."

한정훈과 강혁의 인연은 1년여에 불과했지만 과거까지 더하면 수십 년에 달했다.

한정훈이 프로 생활에 지칠 때마다 기대고 의지했던 게 다름 아닌 강혁이었다. 강혁도 그런 한정훈을 애제자 그 이상으로 챙겨주었다.

그렇다 보니 카리스마 너머에 숨겨진 강혁의 진짜 성격을 모를 리 없었다.

"그런데 자신은 있냐?"

박찬오가 다시 물었다.

2이닝을 20구 이내로 던진다는 게 생각처럼 쉬운 일은 아니었다.

게다가 와인드업 포지션에서 던진 패스트볼들은 하나같이 제구가 완벽하지 않았다.

가운데로 몰리는 공이 대부분이었다.

물론 고교 레벨의 타자가 160km/h에 달하는 강속구를 제대로 친다는 건 어려운 일이었다.

그러나 야구에서 정타를 만들어 내야 안타로 이어지는 건 아니었다.

오히려 이런 경기에서 더 잘 나오는 게 빗맞은 안타나 먹힌 안타였다. 그런 타구가 하나만 나와도 20구 승부는 어려울 수밖에 없었다.

하지만 한정훈은 조금도 걱정 없다는 표정이었다.

20구면 모든 타자를 3구 삼진으로 처리해도 2개가 남았다.

완벽하게 제구가 되지 않는 만큼 한두 개 공이 빠질 수 있다는 걸 감안하면 넉넉한 숫자였다.

만에 하나 20구가 넘어갈 것 같으면 다시 세트 포지션으로 던지면 그만이었다.

강혁은 와인드업 포지션의 투구 제한만 20구로 요구했다.

세트 포지션에 대해서는 아무런 조건도 달지 않았다.

마운드 위에서 버티는 한 한정훈은 최선을 다해 이쿠에이 고등학교 타선을 틀어막을 생각이었다.

문제는 쇼타다.

타자들이 점수를 내주지 못한다면 경기는 평행선을 달릴 수밖에 없었다.

그런 한정훈의 속내를 읽은 것일까?

"걱정 마라. 이제부터 부담스러운 건 쇼타일 테니까."

박찬오가 슬며시 미소를 그렸다.

그리고 박찬오의 예상은 적중했다.

1회 말 공격이 끝나기가 무섭게 이쿠에이고등학교의 요다 감독은 마운드 정비를 요청했다.

한정훈이 와인드업 포지션에서 투구를 하면서 마운드의 흙이 파졌다는 이유를 들었지만 실제 속셈은 따로 있었다.

"쇼타, 저딴 녀석에게 질 생각은 아니겠지? 전 일본의 국민이 너를 지켜보고 있다. 가서 네 실력을 똑똑히 보여줘라!"

구장 관리자가 마운드 흙을 고르는 동안 요다 감독은 쇼타를 닦달했다.

이대로 한정훈에게 지면 국가적인 망신이라며 전력을 다하라고 요구했다.

'내가 지고 있다고?'

쇼타는 요다 감독의 말이 이해가 가지 않았다.

이제 고작 1회가 끝났을 뿐이다.

점수는 0 대 0.

섣불리 누군가의 승리를 주장하기란 이른 시점이었다.

투구 내용을 냉정하게 따져 봐도 마찬가지다.

한정훈은 1이닝 동안 사사구 3개를 내줬다.

삼진도 3개를 잡아냈지만 사사구 때문에 투구 수가 무려 21구에 달했다.

반면 자신은 1이닝 동안 삼진 2개를 솎아내며 10구로 틀어막았다.

절반의 투구 수로 훨씬 효율적인 투구를 했다.

야수들의 수비 이닝까지 고려했을 때 1회 맞대결의 승자는 당연히 자신이 되어야 한다고 생각했다.

그러나 정작 요다 감독은 한정훈에게 이기라고 말했다.

그건 자신의 투구가 한정훈에 미치지 못했다는 말과 다름없었다.

요다 감독뿐만이 아니다. 자리로 돌아온 쇼타에게 야수들도 똑같은 주문을 했다.

"쇼타, 넌 더 빠른 공을 던질 수 있지?"

"지지 마라! 넌 할 수 있어!"

쇼타는 순간 헛웃음이 났다.

야수들이 지금 해야 할 일은 머리를 싸매고 어떻게 하면 한정훈의 공을 쳐 낼지를 고민하는 것이었다.

투수인 자신에게 찾아와서 자신들의 무능함을 떠넘겨서는 결코 안 되는 것이었다. 하지만 요다 감독과 선수들은 짜기라도 한 것처럼 쇼타만 바라보고 있었다.

한정훈보다 더 빠른 공을 던져 줘.

그래서 최고의 투수는 한정훈이 아니라 쇼타라는 걸 증명해 줘.

"하아……."

쇼타는 어깨가 무거워진 느낌이었다.

에이스로서 지금껏 단 한 번도 가벼운 마음으로 공을 던진 적은 없지만 이런 부담감은 난생처음이었다.

'저 녀석도 그랬을까?'

마운드에 오른 쇼타의 시선이 잠시 한정훈에게 향했다.

1회 초, 자신이 전광판에 찍은 159㎞/h의 구속을 지켜본 한정훈이 무슨 기분이었을지 조금은 알 것 같았다.

"후우……."

길게 숨을 고른 뒤 쇼타가 포수를 바라봤다.

포수 야다의 사인은 몸 쪽을 파고드는 패스트볼.

초구부터 단단히 겁을 주자는 소리였다.

'좋아.'

가볍게 고개를 끄덕인 뒤 쇼타가 있는 힘껏 공을 던졌다.

후웅! 파앙!

눈 깜짝할 사이에 날아든 공이 포수 미트에 박혔다. 완벽에 가까운 공이었다.

한국의 4번 타자가 제자리에서 꼼짝도 못 할 정도였다.

다른 때 같았다면 관중석에서 우레와 같은 박수가 터져 나왔을 것이다.

야다도 힘껏 고개를 끄덕이며 기분 좋게 공을 던져 줬을 것이다.

하지만 공을 돌려받을 때까지 관중석에서는 그 어떤 응원의 소리도 들리지 않았다.

'구속이 떨어졌나?'

쇼타가 슬쩍 고개를 돌려 전광판을 바라봤다.

157km/h.

제구에 신경 쓴 것치고는 나쁘지 않은 구속이었다.

그런데도 관중들은 납득할 수 없다는 표정이었다. 요다 감독도 못마땅한 기색이 역력했다.

하지만 쇼타는 굳이 다른 이들을 신경 쓰지 않았다. 그저 담담하게 야다의 다음 사인을 기다렸다.

그러나 애석하게도 야다는 쇼타처럼 담담할 수가 없었다.

야다가 슬쩍 더그아웃을 바라봤다. 그러자 요다 감독이 기다렸다는 듯이 주먹을 움켜쥐었다.

승부해라.

야다는 가볍게 고개를 끄덕거렸다. 그리고 쇼타를 바라보며 침착하게 사인을 냈다.

순간 쇼타의 눈이 화등잔만 하게 커졌다.

4번 타자가 타석에 있는데 한가운데 패스트볼이라니. 왠지 사인을 잘못 읽은 것 같았다.

그러나 재차 반복된 야다의 사인은 달라지지 않았다.

한가운데로 던져.

자연스럽게 쇼타의 눈매가 파르르 떨렸다.

물론 전략적인 입장에서 한복판 코스를 요구할 수는 있었다. 자주는 아니지만 가끔 타자의 허를 찌르기 위해 한복판을 공략하는 경우도 있었다.

하지만 이 상황에서 야다가 한복판 패스트볼 사인을 낸 이유는 따로 있었다.

제구에 신경 쓰지 마. 있는 힘껏 던져.

결국은 구속이다. 어떻게든 한정훈의 162㎞/h를 뛰어넘으라는 소리였다.

'다들 뭐하자는 거야?'

쇼타는 화가 났다.

타인의 구속을 좇기 위해 공을 던지는 건 투수가 할 짓이 아니었다.

하지만 요다 감독에 이어 포수 야다까지 종용하고 있었다.

더 빠른 공을 던져. 네가 최고라는 걸 입증해.

코시엔을 가득 채운 관중들도 더 이상 우호적이지 않았다.

한정훈보다 빠른 공을 던지지 못하면 당장 사방에서 오물이 쏟아질 것 같은 기분마저 들었다.

이런 상황에서 꿋꿋이 자신의 피칭을 해낼 만큼 쇼타는 단단하지 못했다.

'제길! 제길!'

쇼타가 공을 힘껏 움켜쥐었다. 그리고 분함과 억울함을 담아 있는 힘껏 공을 던졌다.

후아앗!

빠르게 날아간 공이 포수의 머리 위쪽에서 잡혔다.

코스는 볼.

구속을 끌어올리다 보니 제구까지 신경 쓸 여력이 없었다.

하지만 애석하게도 전광판에 찍힌 구속은 크게 달라지지 않았다.

158km/h.

그야말로 젖 먹던 힘까지 다해 던진 공인데 1회 때 던진 159km/h조차 나오지 않았다.

'이럴 리가 없는데…….'

쇼타가 미간을 찌푸렸다.

연습 투구 때라면 분명 160km/h를 넘겼을 공이다.

그런데 158km/h라니.

누군가가 전광판의 숫자에 장난을 친 것 같은 기분마저 들었다.

애써 숨을 고른 뒤 쇼타는 또다시 패스트볼을 던졌다.

퍼엉!

공은 바깥쪽 스트라이크존에 아슬아슬하게 걸쳐 있었다.

하지만 1회 때 한정훈의 바깥쪽을 잡아주지 않았던 심판은 스트라이크를 외치지 못했다.

아니, 외칠 수가 없었다.

이미 모두의 관심이 한정훈에게 쏠려 버린 상황에서 쇼타에게 이로운 판정을 했다간 뒷일을 감당하기 어려울 것 같았다.

"볼."

심판이 한참 만에 볼을 선언했다. 쇼타가 말도 안 된다며 고개를 흔들어 댔지만 판정은 달라지지 않았다.

덕분에 볼카운트는 1스트라이크 2볼로 몰렸다.

그렇다면 변화구를 던져 스트라이크를 잡아내야 했지만 야다는 이번에도 포심 패스트볼을 요구했다.

'빌어먹을!'

쇼타가 질근 입술을 깨물었다.

이 말도 안 되는 상황에서 벗어나는 길은 한정훈보다 더 빠른 공을 던지는 것뿐이라는 걸 비로소 깨달은 것이다.

'이긴다! 이긴다! 이긴다!'

쇼타가 있는 힘껏 공을 던졌다.

후아앗!

굉음과 함께 날아든 공이 타자의 몸 쪽을 깊숙이 파고들었다.

"크억!"

4번 타자 황철민이 다급히 몸을 뒤로 젖혔다. 그사이 공은 야다의 미트 속을 사납게 파고들었다.

퍼어엉!

요란한 포구 소리가 관중들에게 묘한 기대감을 불러일으켰다.

하지만 그것도 잠시.

158km/h.

전광판에 구속이 나오자 관중들의 얼굴이 실망감으로 물들었다.

'이게 아니야!'

쇼타는 다시 한 번 전력을 다해 포심 패스트볼을 던졌다.

그러나 이번에도 구속은 158㎞/h밖에 나오지 않았다.

"크아아악!"

쇼타의 입에서 분에 찬 비명이 터져 나왔다.

그사이 운 좋게 볼넷을 얻은 황철민이 1루 베이스를 밟았다.

주자가 나가자 쇼타는 고민에 빠졌다.

주자를 견제하기 위해서는 세트 포지션에서 공을 던져야 했다. 하지만 세트 포지션으로 공을 던지면 구속이 4㎞/h 이상 느려질 수밖에 없었다.

'4번 타자니까 뛰진 않겠지.'

쇼타는 황철민을 신경 쓰지 않고 와인드업 포지션에서 공을 던졌다.

설마하니 좌완 강속구 투수를 상대로 덩치 큰 황철민이 도루를 시도하지는 않을 것이라 여겼다.

그러나 황철민은 결코 발이 느린 편이 아니었다. 그리고 기습 도루도 곧장 성공시키는 편이었다.

그런 황철민의 재주를 파악한 최인섭은 아예 그린 라이트 사인을 부여했다.

뛰고 싶으면 언제든 뛰어라.

생각지도 못했던 벤치의 신뢰가 황철민을 미소 짓게 만들었다.

'견제구가 없으면 무조건 뛴다.'

황철민은 슬금슬금 리드 폭을 벌렸다.

그리고 쇼타가 와인드업 포지션에 들어간 순간 지체 없이 2루를 향해 내달렸다.

공을 받은 야다가 곧장 2루로 공을 뿌렸지만 황철민은 여유롭게 2루에 살아 들어갔다.

황철민의 움직임이 눈에 들어오면서 쇼타의 제구가 완전히 틀어져 버린 것이다.

"크으윽!"

순식간에 무사 2루의 위기에 몰리자 쇼타도 흔들리기 시작했다.

뒤늦게 야다가 제대로 된 투수 리드를 가져갔지만 흐트러진 제구는 좀처럼 잡히지 않았다.

몸 쪽으로 던진 공들은 하나같이 깊숙하게 들어갔다.

바깥쪽은 그나마 아슬아슬하게 들어갔지만 심판이 잡아주질 않았다.

"볼!"

2-3 풀카운트 승부에서 쇼타가 던진 슬라이더가 바깥으로 빠지면서 5번 타자 박기완도 1루를 밟았다.

무사 1, 2루.

여기서 또다시 주자를 내보내게 되면 무사 만루가 되고 만다.

“크윽!”

쇼타는 일단 제구가 안 되는 패스트볼을 버리고 철저하게 변화구로 승부를 봤다.

160㎞/h에 육박하는 포심 패스트볼이 없더라도 그에게는 삼색 마구라는 슬라이더와 체인지업, 커브가 있었다.

따악!

6번 타자 하석우는 쇼타의 슬라이더에 말려 3루수 땅볼을 때렸다.

깊게 수비를 하고 있던 3루수는 황철민을 포기하고 재빨리 2루에 공을 던져 5-4-3의 더블플레이를 유도했다.

투아웃 주자 3루 상황에서 타석에 들어선 7번 타자 정지운은 쇼타의 체인지업을 잘 받아 쳤지만 좌익수 플라이로 물러나고 말았다.

“후우…….”

가까스로 위기에서 벗어난 쇼타가 힘겹게 마운드를 내려갔다.

이건 내 진짜 모습이 아니야.

속으로 수십 번을 되뇌며 말이다.

수건으로 땀을 닦아내며 쇼타는 다짐했다.

3회에 마운드에 올라가면 다시 1회처럼 공을 던지겠다고 말이다.

그러나 뒤이어 마운드에 오른 한정훈이 하위 타선을 완벽하게 요리하면서 쇼타의 다짐도 무너지고 말았다.

3구 삼진, 3구 삼진, 그리고 또다시 3구 삼진!

6연속 3구 삼진이라는 경악스러운 기록의 희생양이 되고만 이쿠에이고등학교의 더그아웃은 그야말로 초상집을 방불케 했다.

"쇼타! 제발 어떻게 좀 해봐!"

요다 감독이 애꿎은 쇼타를 붙잡고 늘어졌다. 한정훈에게 꽁꽁 묶여버린 야수들도 쇼타만 바라봤다.

"하아…… 나더러 뭘 어쩌란 말이야."

결국 과도한 부담감을 감당하지 못한 쇼타는 또다시 사사구를 남발하며 무너졌다.

3이닝 5사사구 2피안타 3실점.

3회를 힘겹게 막아낸 쇼타는 더 이상 마운드에 오르지 못했다.

덕분에 한정훈도 본래의 투구 폼으로 여유롭게 이쿠에이 고등학교의 타자들을 상대할 수 있었다.

한정훈의 최종 투구 내용은 8이닝 14탈삼진 3사사구 4피안타 무실점.

1회에 투구 수가 많긴 했지만 2회와 3회를 16구로 끝마치며 8회까지 버텼다.

한정훈이 마운드에서 버텨 주는 동안 타자들은 12안타를 몰아쳐 7득점을 올렸다.

한정훈에 이어 마운드에 오른 이승민도 9회 3타자를 깔끔하게 막아내며 3경기 연속 속죄투를 이어 나갔다.

16장
할 말은 해야죠

1

한국 고교야구 대표팀과 이쿠에이고등학교 간의 4라운드 경기는 7 대 0, 한국 고교야구 대표팀의 승리로 끝이 났다.

승리투수는 한정훈, 패전투수는 쇼타였다.

경기가 끝나기도 전에 관중들이 빠져나가기 시작한 코시엔 구장은 금세 텅 비어버렸다.

어쩌면 당연한 일인지도 몰랐다.

일본 고교야구의 심장인 코시엔에서 일본 고교야구를 대표하는 팀들이 연달아 패배하고 있었다.

프로 야구도 아니고 고교야구를 보기 위해 비싼 티켓값을

지불하고 코시엔에 온 관중 중 그 결과를 아무렇지도 않게 받아들일 수 있는 사람은 거의 없을 터였다.

어쨌든 오늘 경기에서 승리하면서 한국 고교 대표팀은 4승으로 전체 순위 1위에 올라섰다.

공동 1위였던 이쿠에이고등학교는 2위로 내려갔다.

덕분에 일본 언론도 알파벳 순서라는 이유로 한국 고교 대표팀보다 이쿠에이고등학교를 윗줄에 올려놓던 장난을 더 이상 칠 수 없게 됐다.

아직 일본 고교 선발팀과의 경기가 남아 있지만 이변이 없는 한 한국 고교 대표팀의 결승전 진출은 확정적이었다.

당연히 한국 고교야구 대표팀 더그아웃의 분위기는 좋을 수밖에 없었다.

반면 이쿠에이고등학교의 분위기는 찬바람이 쌩쌩 불었다.

오늘 한국 대표팀을 잡고 전승으로 결승전에 진출하겠다던 포부가 산산이 부서졌기 때문이다.

특히나 쇼타는 패배의 주범처럼 더그아웃 구석에 처박혀 있었다.

그 모습이 어찌나 애처롭던지 짐을 정리하던 고교 대표팀 투수들이 쉽게 더그아웃을 떠나지 못했다.

"난 나중에 일본에서는 야구 못 하겠다."

"그러게. 메이저에 못 가면 일본에서 한 번 뛰어볼까 했는데……. 쩝. 포기해야겠다.”

성진우와 이승민이 고개를 흔들어 댔다.

같은 투수로서 호투하지 못했다는 이유만으로 온갖 멸시를 감당해야 한다면 마운드에 서기 무서울 것 같았다.

“쇼타도 재수가 없는 거지. 하필이면 정훈이랑 맞붙었으니까.”

송근영이 쇼타를 두둔했다. 비록 패전투수가 되긴 했지만 1회에 보여준 쇼타의 투구는 그야말로 압도적이었다.

160㎞/h에 육박하는 강속구와 날카로운 변화구로 세 타자를 순식간에 처리하고 내려가는 모습은 마치 좌완 오타니 쇼헤를 보는 기분이었다.

만약 쇼타가 1회 때의 모습을 끝까지 유지했다면 어땠을까. 8이닝을 꽁꽁 틀어막은 한정훈과 함께 0의 행진을 써내려갔을지도 몰랐다.

“맞아. 정훈이 녀석이 너무했어.”

스파이크 끈을 묶던 박진우도 슬쩍 끼어들었다. 그러자 옆에 있던 윤형진과 이규환도 한마디씩 거들었다.

“162㎞/h라니. 난 전광판이 고장 난 줄 알았다니까?”

“여섯 타자 연속 3구 삼진은 어떻고? 1번 타자가 이 악물고 번트 대는 거 보고 진짜 눈물 나더라.”

고교 대표팀의 동료로서 한정훈의 호투는 분명 반갑고 듬

직한 일이었다.

하지만 투수의 입장에서 봤을 때 한정훈은 도저히 같은 고등학생처럼 느껴지지가 않았다.

이제 앞으로 두 경기를 치르고 나면 선수들은 고교 대표팀의 야구복을 벗게 된다.

그리고 각자의 팀에 돌아가 에이스로서 활약하게 될 것이다.

7월의 청룡기, 8월의 대통령배, 그리고 9월의 협회장기.

모든 팀이 참가하는 이 전국 대회에서 동명고등학교를 만나고 한정훈을 만나면 어떤 기분이 들까.

아마 쇼타가 느끼는 절망감, 그 이상을 맛보게 될지도 몰랐다.

"그런데 정훈이 녀석은 어디 간 거야?"

이승민이 고개를 돌렸다. 투수가 전부 모여 있는 자리에 한정훈만 보이지 않았다.

"글쎄, 아까 감독님이랑 같이 있었는데."

"맞아. 최 코치님하고 셋이 이야기하는 거 봤어."

"그럼 기자 회견장에 갔나 본데?"

성진우가 대수롭지 않게 말했다. 경기가 끝나면 매번 기자 회견이 열린다.

적지에서 4전 전승을 기록한 한국 고교야구 대표팀의 입장에서는 주최 측이 마련한 기자 회견을 소홀히 할 수가 없었다.

"오늘은 정훈이도 참석하는 건가?"

"와…… 좋겠다."

"원래 MVP가 참석하는 거잖아?"

"나는 언제 기자 회견에 참석해 보나."

투수들이 하나같이 부럽다는 표정을 지었다.

그러나 정작 반강제적으로 기자 회견장에 끌려간 한정훈은 눈곱만큼도 즐겁지가 않았다.

"마음 단단히 먹어라."

박찬오가 굳이 당부하지 않아도 한정훈 역시 일본 언론의 집요함은 잘 알고 있었다.

그래서 어지간하면 박찬오의 옆에서 실실 웃다가 돌아올 생각이었다.

하지만 코시엔에서 한 번도 아니고 연달아 치욕을 맛본 일본 기자들은 한정훈을 잘근잘근 씹어 먹기 위해 온갖 준비를 마친 상태였다.

"한정훈 선수, 도핑 의혹이 있는데 사실입니까?"

한정훈이 자리에 앉기가 무섭게 일본의 기자 한 명이 자리에서 일어났다.

주최 측의 허락도 받지 않았지만 기자는 당당했다.

주최 측도 살짝 난감하다는 표정을 지을 뿐 기자를 만류하지 않았다.

그게 시작이었다.

"도핑 의혹에 대해 해명 부탁합니다."

"이번 대회에서 도핑 검사를 하지 않는다는 걸 악용한 겁니까?"

"한정훈 선수! 오늘 투구가 정말 정정당당하다고 생각합니까?"

모든 기자가 앞다투어 도핑과 관련된 질문들을 쏟아냈다.

자연스럽게 터무니없는 의혹이 기정사실로 둔갑해 버렸다.

"도핑이라니. 말도 안 되는 소리입니다."

박찬오가 몇 번이고 도핑 사실을 부정했지만 기자들의 기세는 꺾이지 않았다.

설상가상으로 협회를 대표해 참석한 최병곤마저 적극적인 변호를 피하면서 분위기는 점점 극단적으로 변해 갔다.

"자, 자. 그 이야기는 다음에 하도록 하겠습니다."

만족할 만한 그림이 나오자 주최 측에서 그제야 당부를 요구했다.

기자들도 언제 그랬냐는 것처럼 입을 다물었다.

박찬오가 여러 차례 자중을 요청할 때는 코대답조차 하지 않던 이들이 말이다.

'허……. 진짜 대단하다. 대단해.'

그 모습을 지켜보던 한정훈이 고개를 흔들어 댔다.

어느 정도 예상은 했지만 이 정도라니.

일본 언론의 연출력에 찬사를 보내고 싶을 정도였다.

만약 이대로 기자 회견이 끝나 버리면 꼼짝없이 부정한 투수로 매도당하고 말 것이다.

뒤늦게 한국에 가서 해명해 봐야 소용없었다.

모두가 색안경을 끼고 자신을 바라볼 텐데 제대로 된 해명 기사를 내기도 쉽지 않을 터였다.

일본 기자들은 이 모든 상황을 철저하게 계산했다.

커리어는 화려하지만 지도자로서 경험이 부족한 박찬오, 이상하리만치 한정훈과 관계가 좋지 않은 한국의 협회, 그리고 일본어는 전혀 못 할 것처럼 생긴 한정훈.

이들 사이를 비집고 들어간다면 자신들이 원하는 상황을 만들어낼 수 있다고 확신했다.

하지만 애석하게도 일본 기자들의 계산 중에 한 가지 틀린 게 있었다.

"잠시만요."

도핑에 관한 해명 기회가 사라질 듯하자 한정훈이 냉큼 마이크 쪽으로 몸을 기울였다.

그 순간 일본 기자들과 사회자의 얼굴이 당혹감으로 물들었다.

놀랍게도 한정훈의 입에서 흘러나온 건 한국어가 아니라 일본어였다. 그것도 본토 발음에 상당히 근접한 일본어였다.

그러나 정작 한정훈은 대수롭지 않다는 반응이었다.

'은퇴하고 일본에서 코치 연수를 받았는데 이 정도 가지고 뭘.'

과거 은퇴 시점에서 구단은 한정훈에게 두 가지 길을 제안했다.

하나는 구단의 지원을 온전히 받으며 일본에서 코치 연수를 하는 것.

다른 하나는 구단의 지원을 절반만 받으며 미국에서 코치 연수를 하는 것.

다소 치사한 제안이었지만 프랜차이즈 스타가 아닌 이상 구단도 전폭적인 지원을 해주기가 어려운 상황이었다.

은퇴 후 허리띠를 졸라매야 했던 한정훈은 당연하게도 일본 연수를 받아들였다.

통역사는 개인적으로 고용해야 한다는 말에 일본에 가기 전부터 일본어 공부를 열심히 했다.

일본에 가서도 선수들과 직접 부딪치며 일본어 실력을 키워 나갔다.

그 노력의 결과 한정훈의 입에서 자연스러운 일본어가 튀어나온 것이다.

그러나 한정훈은 고작 자신의 일본어 능력을 자랑하기 위해 마이크를 잡은 게 아니었다.

"지금부터 하는 모든 이야기는 제 개인적인 의견임을 먼저 밝힙니다."

자기변호에 앞서 한정훈이 명확하게 선을 그었다.

감정에 취해 두서없이 떠들었다간 일본 언론의 교묘한 짜깁기에 국가적인 언쟁으로 변질될 가능성이 컸다.

한정훈의 능숙한 대처에 일본 측 기자들의 표정이 더욱 굳어졌다.

반면 구석에 몰려 제대로 된 질문조차 하지 못했던 한국 측 기자들은 반색하며 카메라를 추켜들었다.

"일본 기자분들이 계속해서 도핑했다고 주장하시는데 사실무근입니다. 대회에 참가한 이후로 저는 주최 측에서 제공하는 식사만 해왔습니다. 그 안에 도핑과 관련된 물질이 들어 있다면 모르겠지만 그렇지 않다면 저는 도핑을 하지 않았습니다. 참고로 개인적으로 복용하는 약은 따로 없습니다."

한정훈이 일단 자신의 입장을 전했다.

마음 같아선 제멋대로 떠들어 대는 일본 기자들의 입을 완전히 다물게 만들어버리고 싶었지만 불필요하게 격앙된 모습을 보여 봐야 좋을 건 없었다.

게다가 일본 기자들이 고작 이 정도로 꼬리를 말 것 같지도 않았다.

아니나 다를까.

"금지 약물을 섭취한 사실이 없다는 겁니까?"

"네, 없습니다."

"그걸 어떻게 증명합니까?"

"증명은 의심을 하는 쪽에서 해야죠. 조금 전까지 경기를 뛰고 온 선수에게 도핑 의혹을 증명하라는 게 말이 됩니까?"

"의혹이 있다면 밝히는 게 선수의 의무 아닙니까?"

"저는 그 의혹을 기자 회견장에 와서 처음 들었는데요. 그 의혹을 제기한 사람이 누구인지 알 수 있을까요?"

"말 돌리지 마세요! 누가 의혹을 제기했는지가 중요한 게 아니지 않습니까!"

"아니죠. 사실에 근거한 확실한 정보를 가지고 의심하는 거라면 저도 이해하겠는데 그런 게 아니라면…… 음모라고 볼 수도 있지 않겠습니까?"

한정훈이 슬쩍 음모라는 단어를 꺼냈다.

한정훈을 부적절한 선수로 만들어 실추된 자존심을 회복하겠다는 일본의 음모.

그걸 전부 알고 있다는 투였다.

"그, 그렇다면 지금 당장 도핑 검사를 해도 상관없다는 이야기입니까?"

궁지에 몰린 기자 하나가 강수를 두었다.

도핑테스트.

한정훈이 조금이라도 찔리는 게 있다면 쉽게 받아들이지 못할 비장의 카드였다.

그러자 한정훈이 기다렸다는 듯이 말을 받았다.

"그건 제가 함부로 결정할 수 있는 사안이 아닌 것 같습니다."

"역시!"

"하지만! 협회에서 허락한다면 양국의 공증 속에 얼마든지 도핑테스트를 받을 마음이 있습니다. 그리고 도핑테스트를 꼭 해야 한다면 최대한 서둘러 주셨으면 좋겠습니다. 경기 후라 무척 배가 고프니까요."

한정훈은 당당하게 도핑테스트를 받겠다고 나섰다.

대회 규정에도 없는 일이었지만 일본 기자들의 집요함에 맞서기 위해서는 그들보다 더 강하게 나설 수밖에 없었다.

그런 한정훈의 정공법은 통했다.

당사자가 도핑테스트를 서둘러 달라는데 계속해서 의혹을 제기할 만큼 일본의 기자들은 멍청하지 않았다.

대신 일본의 기자들은 작전을 바꿨다.

"3회까지는 160km/h를 넘나들던 구속이 4회 이후 155km/h에도 미치지 못했습니다. 이유가 뭡니까?"

일본 기자 하나가 한정훈의 구속을 가지고 트집을 잡았다.

말은 하지 않았지만 갑자기 구속이 떨어진 이유가 도핑의 부작용 때문이라고 말하고 싶은 모양이었다.

그러자 한정훈이 이해할 수 없다는 표정을 지었다.

"실례지만 기자님은 오늘 경기를 보지 않으셨나요?"

"무슨 말을 하는 겁니까? 1회부터 9회까지 한시도 쉬지 않고 지켜봤습니다."

"그런데 왜 그런 질문을 하는 겁니까? 아니면 와인드업 포지션과 세트 포지션의 차이를 모르시나요?"

한정훈의 날 선 대답에 기자가 빠득 이를 갈았다.

야구판에서 20년 가까이 전전해 온 그가 와인드업 포지션과 세트 포지션의 차이를 모를 리 없었다.

다만 기자가 한정훈에게 묻고 싶었던 것은 어째서 4회 이후로 다시 세트 포지션에서 던졌느냐는 것이다.

'영악한 자식!'

기자는 한정훈이 뭔가 숨기려는 게 있어서 교묘하게 대답을 회피하는 것이라고 여겼다.

그러나 일본 기자들이 눈을 부릅뜨고 있는 상황에서 한정훈도 속에 있는 말을 곧이곧대로 꺼내기란 쉽지 않았다.

그러자 한국 기자 중 한 명이 냉큼 손을 들었다.

주최 측 사회자는 일부러 그 손을 못 본 척했지만 다행히도 한정훈의 눈에 띄면서 어렵사리 해당 기자가 마이크를 잡을 수 있었다.

"안녕하세요, 한정훈 선수. 한국스포츠 한예리 기자입니다. 일단 오늘 승리투수 되신 거 축하드립니다."

한예리의 입에서 낭랑한 한국어가 흘러나오자 일본 기자들이 대번에 이맛살을 찌푸렸다.

일본이 주최하고 일본 기자들이 태반인 공식 기자 회견장에서 제 나라말로 떠드는 건 예의가 아니었다.

하지만 그것도 잠시.

한예리의 옆에 서 있던 여성이 능숙한 일본어로 통역을 시작하자 기자들의 얼굴이 다시 복잡해졌다.

수준 높은 통역을 대동한 한국 기자가 굳이 질문권을 따냈다. 그건 한정훈에 대한 엄호 사격을 시작하겠다는 소리와 다를 게 없었다.

아니나 다를까.

"한정훈 선수가 4회 이후로 세트 포지션으로 공을 던진 건 이쿠에이고등학교에 대한 배려입니까?"

한예리의 질문이 통역을 통해 전해지자 기자 회견장이 발칵 뒤집혔다.

말이 좋아 이쿠에이고등학교에 대한 배려지 그건 한정훈이 봐줬다는 소리나 다름없었다.

한정훈도 살짝 당황한 모습이었다.

일본 기자들이 주도하는 분위기를 깨기 위해 일부러 한국 기자에게 기회를 줬는데 시작부터 이렇게 강한 질문을 하리라고는 예상하지 못한 것이다.

하지만, 한정훈은 한예리의 질문이 싫지 않았다. 오히려 고마웠다.

그렇지 않아도 입이 근질거렸는데 한예리가 악역을 떠맡아 줬으니 이제는 마음 편하게 대답을 할 수 있을 것 같았다.

"이쿠에이고등학교는 코시엔에서 준우승을 한 강팀입니다. 그런 팀을 배려할 만큼 저는 대단한 투수가 아닙니다."

한정훈이 겸양을 떨며 즉답을 피했다. 그러자 한예리가 씩 웃으며 말을 이었다.

"대단한 투수가 아니라니요. 지나치게 겸손하시네요. 한일 고교야구 대항전 최고 구속을 작성하고 두 경기 연속으로 무실점 승리투수가 됐는데 대단한 투수가 아니라고 한다면 다른 투수들이 형편없는 소리인가요?"

통역사의 번역과 함께 기자 회견장이 또다시 발칵 뒤집혔다. 일부에서는 당장 마이크를 빼앗아야 한다는 말까지 터져 나왔다.

"이 대회에 참석한 모든 투수는 양국을 대표하는 투수들입니다. 하나같이 훌륭한 투수들이라고 생각합니다."

험악해진 분위기를 달래듯 한정훈이 애써 웃으며 말했다.

이미지 관리로 보일 수도 있겠지만 이 상황에서 무턱대고 한예리의 말에 맞장구를 치긴 어려웠다.

"여전히 겸손하시네요. 그렇다면 투구 상황에 대해 질문하겠습니다. 한정훈 선수는 봉황기부터 시작해 사가미고등학교전까지 세트 포지션에서 투구를 해왔는데 갑자기 1회에 와인드업 포지션으로 바꾼 이유가 있나요? 무사 만루 상황이라서 힘으로 위기 상황을 돌파하고 싶었던 건가요?"

한예리가 쉬지 않고 다음 질문을 이어 나갔다. 앞선 일본 기자와 비슷한 질문이었지만 요지는 달랐다.

일본 기자는 한정훈이 160㎞/h대의 공을 던진 건 도핑의 힘이며 그 부작용으로 구속이 떨어진 것이라고 주장했다.

반면 한예리는 근거를 들어 한정훈이 1회 이후 특별한 상황에서 와인드업 포지션으로 공을 던진 것이라고 변명했다.

"그런 마음이 없지 않았습니다."

한정훈이 가볍게 고개를 끄덕였다.

한예리가 질문 속에 맞춤형 답변을 섞어 일러주고 있으니 대답을 하기가 한결 수월해졌다.

"그렇다면 무사 만루 상황이 나오지 않았다면 본래처럼 세트 포지션에서 공을 던질 생각이었다는 이야기네요. 그런데 평소에 와인드업 포지션이 아니라 세트 포지션으로 공을 던지는 이유가 있나요? 혹시 체력적이나 제구적인 문제 때문인가요?"

"작년에 투구 폼을 변경했습니다. 그리고 아직 바뀐 투구 폼을 완전하게 제 것으로 만들지 못했습니다. 그래서 가급적이면 세트 포지션으로 공을 던지려고 하고 있습니다."

"투구 밸런스 때문인 거죠?"

"네."

"와인드업 포지션에서 더 빠른 공을 던졌는데 욕심나지 않나요?"

"빠른 공을 던지면 좋겠지만 구속이 전부라고 생각하지는 않습니다."

"그렇군요. 그럼 다음 질문을 해볼까요? 기록에 따르면 한정훈 선수는 사사구를 거의 내주지 않는 투수인데요. 유독 오늘 경기에서는 사사구가 3개나 나왔네요. 그것도 1회 초에만요. 오늘 경기 전체를 놓고 봤을 때 컨디션에 문제가 있었던 것 같지는 않은데 어땠나요?"

"5일을 푹 쉬고 등판했기 때문에 컨디션의 문제는 없었습니다."

"그럼 혹시 심판의 스트라이크존에 적응하지 못했던 건

가요?"

한예리의 기습적인 공격에 일본 기자들이 또다시 발끈했다. 에둘러 표현했을 뿐 그건 심판의 스트라이크존 적용이 잘못됐다는 비난이나 마찬가지였다.

"심판의 스트라이크존은 심판 고유의 권한이라고 생각합니다."

"심판의 고유 권한이라고 해도 오늘 바깥쪽 공은 유독 스트라이크 판정을 받지 못했는데요. 그 부분에 대해서는 어떻게 생각하나요?"

"저뿐만 아니라 모든 투수에게 공정하게 스트라이크존을 적용했다면 문제 될 게 없다고 생각합니다."

한정훈은 심판 교과서에서나 나올 법한 말로 즉답을 피했다.

이 시점에서 심판 판정이 잘못됐다 라고 한다면 논란의 여지가 커질 수밖에 없었다.

그러나 한예리는 이 정도로 넘어갈 생각이 전혀 없었다.

"그럼 이렇게 질문해 볼까요? 오늘 양 팀을 합쳐서 사사구가 총 17개가 나왔어요. 그중에 14개는 이쿠에이고등학교 투수들이 기록했는데요. 이쿠에이고등학교 투수들의 제구력에 문제가 있다고 생각하나요?"

한예리가 영리하게도 질문의 관점을 바꿨다.

한정훈이 8이닝 동안 3개, 쇼타가 3이닝 동안 5개.

제구력이 좋다고 평가받는 양 팀 선발에게서 8개의 사사구가 나왔다.

게다가 쇼타가 내려간 이후에도 이쿠에이고등학교는 추가로 9개의 사사구를 추가로 내주었다.

이쿠에이고등학교가 기록한 총 사사구는 무려 14개.

코시엔 준우승 팀의 경기 기록이라는 게 믿기지 않을 정도였다.

"이쿠에이고등학교는 투수력이 좋은 팀으로 알고 있습니다. 지난 경기에서 사사구도 많이 나오지 않았고요. 오늘은…… 이쿠에이고등학교가 조금 운이 나빴다고 생각합니다."

한정훈은 불운했다는 표현으로 대답을 마무리 지었다.

하지만 그 의미를 이해 못 할 기자는 한 명도 없었다.

이쿠에이고등학교가 지난 3경기에서 내준 사사구는 총 12개. 경기당 4개에 불과했다.

그런데 단 한 경기에서 그보다 5개나 많은 17개의 사사구를 내줬다.

덕분에 한국 고등학교 대표팀은 적은 안타로 7점의 점수를 뽑아낼 수 있었다.

"역시…… 심판이 문제였던가."

"맞아. 심판이 장난만 치지 않았더라도 이쿠에이가 그토록 형편없이 무너지지는 않았을 거야."

"제구력 좋은 쇼타도 사사구를 5개나 줬잖아?"

"바깥쪽 승부가 가능했다면 쇼타가 그렇게 빨리 무너지진 않았을 거라고!"

일본 기자들 사이에서 심판에 대한 불만의 목소리가 터져 나왔다.

심판 판정에 이의를 제기하지 않는 게 야구의 불문율이었지만 17개의 사사구가 쏟아지도록 만든 심판이라면 확실히 판정 능력에 의구심이 들 수밖에 없었다.

실제로 일본에서 개최된 국가 대항전은 유독 심판 판정 시비가 끊이질 않았다.

일본의 야구 전문가들은 각국 고유의 스트라이크존의 차이 때문이라고 변명했다. 하지만 야구 전문 기자 중 일본의 심판이 타국 선수들에게 불리한 판정을 준다는 사실을 모르는 이는 없었다.

어쩌면 이번 경기의 구심도 한정훈에게 불이익을 주려다 기형적인 스트라이크존을 자초했을지도 모를 일이었다.

그러자 제 발 저린 대회 주관사 측 기자들이 다급히 진화에 나섰다.

"무슨 헛소리야! 한정훈이 도핑 한 거라니까!"

"도핑은 무슨 도핑! 저 얼굴이 도핑 한 얼굴이야?"

"거짓말하고 있는 거라고. 한국인들은 원래 거짓말 잘하잖아?"

"날 설득하려거든 증거부터 가지고 와. 그 전까진 심판 판정을 문제 삼을 테니까."

패배의 책임을 질 새로운 희생양이 등장하면서 일본 기자들 사이에 의견이 갈리기 시작했다.

자연스럽게 한정훈을 도핑으로 몰고 가자는 음모가 분쇄되었다. 일부 기자들은 끝까지 도핑 의혹을 입에 올렸지만 분위기상 그것을 공론화시키긴 어려울 것 같았다.

"선배, 이 정도면 됐죠?"

한예리가 고개를 돌려 최일식을 바라봤다.

그러자 조용히 기자 회견을 지켜보던 최일식이 엄지를 추켜세웠다.

자신이 나서면 견제를 받을 것 같아 한예리를 대역으로 내세웠는데 기대 이상으로 잘해줘서 내심 뿌듯한 마음마저 들었다.

"그럼 마지막 질문은 제가 하고 싶은 걸로 할게요. 괜찮죠?"

"그러던지."

"오케이."

술렁이던 기자 회견장이 잠잠해질 즈음 한예리가 다시 한 번 입을 열었다.

"그럼 한정훈 선수, 오늘 선발 맞대결을 벌였던 쇼타 선수에 대해 한마디 해주세요."

한예리는 한정훈이 쇼타를 어떻게 생각할지 궁금했다.

한 수 아래로 볼 것인가, 아니면 라이벌로 인정할 것인가.

어느 쪽이든 수많은 이야깃거리가 쏟아질 것 같았다.

일본 기자들도 하나같이 한정훈의 입술을 바라보았다.

한정훈의 대답 여부에 따라 일본 고교야구를 대표하던 젊은 투수의 운명이 달라질 수 있었다.

"오늘 경기는 여러모로 아쉬웠습니다. 여러 가지 이유로 쇼타 선수가 제 실력을 발휘하지 못했다고 생각합니다. 하지만 쇼타 선수는 누가 뭐래도 일본을 대표할 만한 훌륭한 투수라고 생각합니다. 그래서 가능하다면, 다음에는 꼭 서로 최선을 다하는 경기를 펼쳤으면 합니다."

한정훈은 굳이 쇼타를 두둔하지도, 깎아내리지도 않았다. 그저 담담하게 재대결에 대한 포부를 밝혔다.

오늘 맞대결에서 이겼다고 해서 영원히 쇼타를 이기는 것은 아니었다.

만일 쇼타가 제 실력을 발휘했다면 오늘 경기도 어찌 됐을지 장담하기 어려웠다.

그래서 한정훈은 쇼타가 다시 일어날 수 있도록 용기를 주고 싶었다.

국적이나 소속팀을 떠나 좋은 투수들이 많이 나와야 야구가 더 재미있어진다는 사실을 누구보다 잘 알기 때문이었다.

“저 녀석 뭐야? 정말 한국인 맞아?”

“이상한 소문하고는 전혀 다르잖아?”

한정훈이 쇼타를 인정하자 일본 기자들의 표정이 달라졌다.

기자 회견 전 한정훈에 대해 악의적인 소문을 흘려 대던 주최 측이 난감해할 정도였다.

‘이만하면 됐겠지.’

기자들의 분위기를 살피던 한정훈이 슬그머니 등받이에 등을 기댔다.

변명은 이쯤 하면 충분했다. 여기서 더 떠들면 정말로 쇼맨십에 빠졌다는 말이 나올 것 같았다.

2

기자 회견이 끝나기가 무섭게 기자들은 심판의 판정이 오늘 경기를 좌우했다는 논조의 기사를 쏟아냈다.

실제로 증거는 명확했다.

TV 중계 화면을 통해 살펴본 바에 따르면 일본 고등학교 야구 경기에서 통용되는 바깥쪽 스트라이크 코스가 전부 볼로 판정된 것이다.

게다가 그 판정이 1회 말 한정훈의 투구 때부터 시작됐다는 사실이 추가로 밝혀지면서 주최 측은 비판 여론을 피하기 어려워 보였다.

같은 시각.

"한정훈 선수, 미안하지만 이것 좀 받아주시겠습니까?"

"이게…… 뭔가요?"

"팬레터입니다."

"패, 팬레터요?"

식사를 마치고 방으로 들어가려는 한정훈에게 호텔 직원이 곱게 접힌 쪽지를 내밀었다.

한정훈은 다급히 쪽지를 낚아채고 방으로 뛰어 올라갔다.

팬레터를 받았다는 걸 다른 선수들이 알았다간 두고두고 놀림을 받을 게 뻔했다.

화장실에 들어가 문까지 걸어 잠근 뒤 한정훈은 조심스럽게 쪽지를 펼쳤다.

솔직히 한국 팬이 일본까지 찾아와서 팬레터를 보내지는 않았을 것 같았다.

그보다는 일본의 수줍은 여고생이 보낸 편지일 지도 모른다는 생각에 가슴이 절로 두근거렸다.

그러나 쪽지 안에 적힌 내용은 단순한 팬레터가 아니었다.

만나서 묻고 싶은 게 있어요. 실례가 되지 않는다면 만나 주시겠습니까?

하리모토 모모코.

17장
뜻밖의 인연

1

"저…… 감독님."

"응? 왜? 무슨 일 있어?"

"그게 아니라……. 저 잠깐만 밖에 나갔다 오면 안 될까요?"

"밖에?"

노트북으로 일본 고교 선발팀의 경기 영상을 보고 있던 박찬오가 의외라는 표정을 지었다.

지금껏 3학년 선수들이 외출을 허락받으러 찾아온 적은 있지만 한정훈이 이런 적은 처음이었다.

한국에서나 일본에서나 단 한 번도 개별 행동을 한 적이 없었다.

"호텔 밖으로 나가려는 거니?"

박찬오가 벽에 걸린 시계를 바라봤다.

10시 반. 외국인이 홀로 돌아다니기에는 늦은 시간이었다.

그러자 한정훈이 슬그머니 입을 열었다.

"호텔 밖으로는 안 나갈 거 같은데요."

"안 나갈 거…… 같다니?"

"아, 아뇨. 안 나갈게요."

한정훈이 냉큼 표현을 정정했다.

"흠……."

박찬오가 몸을 돌려 한정훈을 빤히 바라봤다.

갑자기 무슨 바람이 불었는지는 몰라도 평소에 안 하던 짓을 하려는 한정훈이 수상쩍었다.

하지만 한편으로는 한정훈이 순진하다는 생각도 들었다.

호텔을 벗어나는 게 아니라면 룸메이트에게는 대충 둘러대고 얼마든지 방을 빠져나올 수 있으니 말이다.

"무슨 일 때문에 그러는데? 혹시 누구 아는 사람이라도 만나려는 거야?"

"아, 네. 아는 사람이요."

"오래는 안 걸리고?"

"네, 그렇게 오래는 안 걸릴 거 같아요."

"그래, 알았다. 다녀와라."

박찬오가 흔쾌히 고개를 끄덕거렸다.

다른 선수들이라면 몰라도 자신보다도 일본어에 능통한 한정훈이 쓸데없이 사고를 칠 것 같진 않았다.

무엇보다 한정훈이 기자 회견장에서 해줬던 말이 아직 박찬오의 가슴을 훈훈하게 만들고 있었다.

기자 회견이 끝났음에도 미련이 남은 일부 일본 기자가 한정훈에게 다가왔다.

그리고 사적인 질문들을 이어 갔다.

-투구 스타일이 오타니 쇼헤와 비슷하다고 생각합니다. 오타니 쇼헤를 목표로 하고 있습니까?

-아닙니다. 오타니 쇼헤도 본받을 점이 많은 투수이지만 제가 목표로 하는 투수는 따로 있습니다.

-역시 한국의 투수입니까? 혹시 현역 메이저리거입니까?

-현역은 아니고 은퇴하셔서 지도자 생활을 하고 계십니다.

-지도자요? 그렇다면 설마 바로 옆에 앉아 있는 사람입니까?

-그건…… 비밀입니다.

비밀이라고 말하면서도 한정훈은 보란 듯이 박찬오를 바라봤다.

자연스럽게 기자들의 얼굴에 웃음꽃이 피었다.

박찬오도 오타니 쇼헤보다 자신을 추켜세워 준 한정훈이 고맙고 기특했다.

어려서부터 두각을 나타내는 투수는 대부분 안하무인인 경우가 많은데 한정훈은 그렇지가 않았다.

감독으로서가 아니라 야구 선배로서 자신이나 최인섭을 진심으로 존경하는 게 눈에 보였다. 그래서 박찬오도 하나라도 더 챙겨주고 싶은 마음이 들었다.

그러나 정작 한정훈은 허락을 받기가 무섭게 박찬오의 방을 뛰쳐나온 뒤였다.

'어디로 가야 하지? 어디서 기다리고 있을까?'

무작정 1층 로비로 내려간 한정훈이 고개를 두리번거렸다.

쪽지에는 만나고 싶다는 내용만 적혀 있을 뿐 장소까지 나와 있지는 않았다.

하지만 호텔 직원을 통해 쪽지가 전해졌으니 분명 호텔 안이나 근처에서 기다리고 있을 것이라는 생각이 들었다.

그때였다.

"저…… 한정훈 선수 되시죠?"

숨을 헐떡거리는 한정훈의 등 뒤에서 매력적인 목소리가 들려왔다.

"아, 네!"

한정훈은 입가에 미소를 매단 채로 고개를 돌렸다.

그런데…… 한정훈을 기다리고 있는 건 한 명이 아니라 두 명이었다.

높은 하이힐을 신어 170㎝쯤 되어 보이는 여자는 딱 봐도 여대생처럼 보였다.

가볍게 컬이 진 긴 생머리에 얇은 블라우스가 여성스러움을 물씬 풍기고 있었다.

반면 그 옆에 반쯤 몸을 가리고 서 있는 여자는 150㎝도 되지 않을 것 같은 자그마한 체구의 소녀였다.

교복을 입은 것으로 봐서는 여고생, 어쩌면 여중생일지도 모른다는 생각마저 들었다.

한정훈은 순간 고심했다.

둘 다 여자라는 점은 참으로 다행이었지만 너무나 다른 느낌 때문에 어디에다 눈을 둬야 할지 갈피가 잡히지 않았다.

물론 개인적인 스타일만 놓고 보자면 여대생 쪽을 상대하는 게 더 좋았다.

몸은 어려도 40대의 삶까지 살아온 한정훈이 심리적으로 감당할 수 있는 연령대는 20대까지였다.

게다가 여대생은…… 상당히 예뻤다.

미팅 장소에서 만났다면 당장에라도 에프터를 신청하고 싶을 정도였다.

하지만 아기자기한 글씨체나 정중한 말투를 봤을 때 발신인이 여대생일 가능성은 희박했다.

그보다는 옆에 있는 여고생, 아니, 여중생일 가능성이 더 높아 보였다.

"혹시…… 모모코?"

한동안 여대생에게 머물렀던 한정훈의 시선이 마지못해 키 작은 소녀 쪽으로 향했다.

그러자 불안한 눈으로 한정훈을 바라보던 소녀의 얼굴에 환한 미소가 번졌다.

"네, 이 아이가 모모코예요."

옆에 있던 여대생이 따라 웃었다.

한정훈이 잘못 알아보면 어쩌나 걱정했는데 다행이라는 표정이었다.

"네, 그렇군요."

한정훈도 마지못해 미소를 지었다. 그렇다고 모모코가 모모코여서 아쉽다는 내색은 할 수가 없었다.

그런 한정훈의 속내도 모른 채 모모코가 용기를 내어 조심스럽게 다가왔다.

그리고 한정훈의 오른손을 덥석 잡아 쥐었다.

"정말 고마워요. 덕분에 오빠도 용기를 되찾았어요."

한정훈을 바라보는 모모코의 두 눈동자에 어느새 눈물이

가득 고였다.

그러나 영문을 모르는 한정훈의 입장에서는 갑작스러운 모모코의 눈물이 당혹스러울 수밖에 없었다.

"저기……."

결국 한정훈이 설명을 구하듯 여대생을 바라봤다. 그러나 여대생도 난감하긴 마찬가지인 모양이었다.

"우리 일단 저쪽으로 자리를 옮기는 게 어떨까요?"

여대생이 급한 대로 호텔 건너편에 있는 커피숍을 가리켰다.

"그렇게 해요."

한정훈이 고개를 끄덕였다.

사복으로 갈아입긴 했지만 어린 여중생을 울리는 모습이 다른 사람들의 눈에 띄어봐야 좋을 건 없을 것 같았다.

2

커피숍에 들어가서도 모모코는 한참 동안 눈물을 훔쳐 댔다.

여대생이 몇 번이고 달래고 티슈를 건네도 소용이 없었다.

"미안해요. 모모 짱이 울보라서요."

그렇게 정신없이 울어 대던 모모코의 눈물을 멈추게 한 건 다름 아닌 따뜻한 코코아였다.

"그게…… 모모 짱이 단 걸 엄청 좋아해서요."

언제 그랬냐는 듯 눈물을 삼키고 코코아를 홀짝거리는 모모코를 바라보며 여대생이 어색한 미소를 지었다.

"아, 네……."

한정훈도 신기하다는 눈으로 모모코를 바라봤다.

여자들이 기분 전환 겸 단 걸 즐긴다는 이야기는 들어봤지만 저렇게 확실한 효과가 있을 줄은 미처 몰랐다.

모모코는 한정훈과 시선이 부딪칠 때마다 부끄러워하면서도 기어코 코코아 한 잔을 다 비워버렸다.

덕분에 다소 어색했던 분위기가 많이 누그러졌다. 조용히 대화를 주고받을 수 있을 만큼 말이다.

"갑작스럽게 찾아와서 좀 놀라셨죠? 미안해요. 원래는 다음 경기 때 찾아올까 했었는데 모모 짱이 고집을 부려서요."

한참 만에 입을 연 여대생은 일단 한정훈에게 자신을 소개했다.

그녀의 이름은 김선영. 올해 스물한 살로 모모코와는 사촌지간이라고 했다. 패션 쪽에 관심이 많아서 일본에 잠시 머무르는 중이라고 덧붙였다.

한정훈은 김선영이 한국인이며 자신보다 3살밖에 많지 않다는 사실이 무척이나 반가웠다.

과거의 삶 때문에 연상은 쳐다도 보지 말자고 다짐했지만 김선영처럼 좋은 느낌의 연상이라면 그 다짐을 깨도 상관없을 것 같다는 생각이 들었다.

그러나 김선영은 자신을 향한 한정훈의 관심을 눈치채지 못했는지 곧바로 모모코에 대한 이야기를 꺼내놓았다.

한정훈의 예상대로 모모코는 중학생이었다.

나이는 이제 열다섯. 수줍음 많고 울기도 잘 우는 코코아를 좋아하는 소녀였다.

하지만 소심한 성격의 모모코도 한 가지 앞에서는 무척이나 용감해진다고 했다.

바로 오빠.

오늘도 야구 선수인 오빠를 응원하기 위해 학교까지 빼먹고 김선영을 꾀어 코시엔까지 온 것이다.

김선영은 모모코가 대단한 아이라며 몇 번이고 칭찬을 했다. 그러나 정작 한정훈은 아까부터 다른 생각에 빠져 있었다.

모모코는 야구 선수인 오빠를 응원하기 위해 오늘 코시엔에 왔다고 한다.

그리고 오늘 코시엔에서는 한국 고교 대표팀과 이쿠에이 고등학교의 경기만이 열렸다.

"혹시 아까 말했던 오빠가……?"

"네, 맞아요. 오늘 정훈 씨와 함께 경기했어요."

"허……!"

순간 한정훈의 머릿속에 누군가가 스쳐 지났다.

쇼타.

바로 몇 시간 전에 선발 맞대결을 펼친 이쿠에이고등학교의 에이스의 성이 하리모토라는 사실이 어렴풋이 기억났다.

한정훈은 그제야 모모코가 자신에게 고맙다고 한 이유를 알 것 같았다.

자신이 기자 회견장에서 했던 말이 쇼타에게 도움이 된 모양이었다. 하지만 그건 어디까지나 야구인의 한 사람으로서 격려 차원에서 한 말이었다.

반쯤은 예의상 한 말이기도 했다. 진심으로 쇼타를 위해서 한 말도 아니었다.

그런데 고작 그걸로 쇼타의 여동생인 모모코에게 감사 인사를 받고 있으니 갑자기 자리가 불편해지기 시작했다.

"굳이 이러지 않으셔도 괜찮은데요."

한정훈이 솔직한 심정을 전했다.

차라리 자신의 열렬한 팬이라면 나았겠지만 빠르면 결승전에서 다시 만나게 될 쇼타의 여동생이라면 함께 있는 것 자체가 부담스러웠다.

그러자 김선영이 오해하지 말라며 다급히 해명을 늘어놓았다.

"정훈 씨에게 부담을 주기 위해서 찾아온 건 맹세코 아니에요. 다만…… 정훈 씨가 기자 회견장에서 해주었던 말이 너무 고마웠어요. 쇼타가 제 실력을 발휘하지 못했다고 해주신 것도 고마웠지만 특히 다음번에는 제대로 싸워보자는 말이 너무 고마웠어요. 만약 정훈 씨가 그 말을 해주지 않았다면 쇼타는 징계를 받았을지도 몰라요."

경기가 끝나고 주최 측에서는 이쿠에이고등학교 측에 형편없는 경기력에 대한 책임을 묻겠다고 통보했다.

미리 보는 결승전이라는 말이 나올 정도로 대대적으로 홍보했던 경기에서 7 대 0으로 무기력하게 패배를 했으니 주최 측이 펄펄 뛰는 것도 무리는 아니었다.

그러자 이쿠에이고등학교 측에서 패배의 모든 책임을 쇼타에게 뒤집어씌워 버렸다.

요다 감독이 쇼타가 자신의 지시를 어기고 무리한 승부를 고집한 끝에 팀을 패배로 밀어 넣었다고 변명한 것이다.

주최 측에서는 요다 감독의 말만 믿고 쇼타에 대한 징계를 결정했다.

주최 측의 자문 위원들 중 상당수가 일본 야구계의 장로이다 보니 일본 야구 협회에서도 주최 측의 요구를 가볍게 넘길 수가 없는 상황이었다.

그런데 한정훈이 기자 회견을 통해 쇼타를 지지하는 듯한 발언을 하면서 상황이 반전됐다.

정확하게는 국민들의 여론이 달라졌다.

경기가 끝났을 때까지만 해도 쇼타를 죽일 것처럼 으르렁대던 여론이 어느새 쇼타에게 다시 한 번 기회를 줘야 한다는 쪽으로 바뀐 것이다.

쇼타에 대한 주최 측의 징계 논의도 흐지부지되었다.

그렇다 보니 쇼타의 가족들의 입장에서는 이 모든 게 한정훈 덕분인 것처럼 느껴질 수밖에 없었다.

"그래서 모모 짱이 쇼타를 대신해 정훈 씨를 만나러 온 거예요."

말을 마친 김선영의 눈가가 촉촉이 젖어 있었다.

비록 사촌지간이라고는 해도 쇼타가 징계를 받게 될까 봐 마음을 졸인 모양이었다.

그러나 한정훈은 김선영이 자신에게 모든 이야기를 다 들려준 건 아니라는 생각이 들었다.

"이런 질문이 실례일 수도 있습니다만……."

한정훈이 잠시 뜸을 들였다. 자신의 호기심 때문에 이 말을 굳이 꺼내야 할지 망설여졌다.

그러자 김선영이 냉큼 표정을 고치며 말했다.

"네, 말씀하세요."

"혹시 말이죠……. 쇼타 선수가 재일교포입니까?"

한정훈이 조심스럽게 말을 꺼냈다.

사실이라도 문제지만 사실이 아니라면 큰 실례를 저지르는 것일 수도 있었다.

하지만 정작 김선영의 반응은 한정훈의 걱정만큼 심각하지 않았다.

"그걸 어떻게 아셨어요?"

김선영이 눈을 똥그랗게 떴다. 그러나 그 표정 속에 담긴 감정은 두려움이나 경악 같은 게 아니었다. 순수하게 놀란 모습이었다.

쇼타는 지금껏 단 한 번도 공개적으로 재일교포라는 사실을 밝힌 적이 없었다.

일부에서 쇼타가 재일교포일지도 모른다는 의문을 제기하긴 했지만 워낙에 뛰어난 실력을 선보인 탓에 출생 문제가 크게 대두된 적도 없다시피 했다.

그런데 그 사실을 한국인인 한정훈이 알아버렸다.

평소 쇼타에게 지대한 관심을 가지고 있었다면 또 모르겠지만 야구팬들 사이에서는 제법 아이돌급 대접을 받는 모모코를 몰라본 걸 봐서는 그렇지도 않은 것 같았다.

"그게……. 고작 한 경기 못 던졌다고 징계까지 하려고 드는 게 이상해서요."

한정훈이 추측의 근거를 말했다.

일본 고교야구 시장이 한국의 100배에 달한다곤 하지만 쇼타 같은 재능을 가진 투수는 극히 드물 수밖에 없었다.

그런데도 쇼타에게 말도 안 되는 징계를 내리려 했다는 건 경기 외적으로 또 다른 무언가가 걸려 있지 않고서야 있을 수 없는 일이었다.

수많은 가능성 중에서 한정훈은 가장 극단적인 걸 꼽았다.

재일교포.

만일 재일교포인 쇼타가 한국 고교 대표팀과의 경기에서 고의로 태업을 했다고 의심을 받는다면 어떻게 될까.

믿는 도끼에 발등 찍힌 일본 입장에서는 괘씸죄를 적용해서라도 쇼타를 응징하려 할 것 같았다.

"대단해요. 어린 나이에 어떻게 그렇게까지 생각할 수 있죠?"

김선영이 이번에는 감탄을 터뜨렸다.

고작 그 단서만으로 쇼타가 재일교포라는 추론을 해내다니.

하지만 한정훈은 김선영의 칭찬이 조금도 달갑지가 않았다.

어린 나이에.

그 한마디를 통해 김선영이 자신을 어떻게 바라보는지 알아챈 것이다.

'하아, 이놈의 고등학교를 빨리 졸업하던가 해야지.'

한정훈이 속으로 한숨을 내쉬었다.

고등학교 시절로 돌아오고 싶어서 돌아온 건 아니지만 이렇게 되고 보니 고등학교 시절로 돌아온 게 후회스럽기만 했다.

그때였다.

지이이잉. 지이이잉.

주머니에 넣어두었던 핸드폰이 요란스럽게 울기 시작했다.

'이런……!'

박찬오 감독님이라는 발신인을 확인한 한정훈이 다급히 시간을 확인했다.

11시 48분.

인원 체크 시간까지 고작 12분밖에 남지 않았다.

"이런, 죄송해요. 들어가 보셔야 하죠?"

한정훈의 표정을 읽은 김선영이 미안하다는 표정을 지었다.

자신들 때문에 한정훈이 곤란해졌다고 생각한 것이다.

"미안해요. 오늘은 이만 들어가야 할 것 같아요. 그리고 괜찮다면 연락처 좀 알려주시겠어요?"

다급한 와중에도 한정훈은 수컷으로서의 본능을 잃지 않았다. 이대로 헤어지기에 김선영의 첫인상이 너무 좋았다. 오늘의 만남을 우연으로 넘기고 싶지 않았다.

그러자 김선영이 재빨리 아이디 하나를 적어주었다.

"이거 네이브 라인 아이디예요. 친구 추가해 주세요."

"아, 네."

쪽지를 받은 한정훈은 속으로 쾌재를 질렀다.

김선영이 이상하게 여기면 어떻게 하나 걱정했는데 타이

밍이 좋았던 것 같았다.

그러다 문득 모모코가 신경 쓰였다.

쇼타에 대한 고마움을 전하기 위해 여기까지 왔는데 정작 당사자가 사촌 언니의 연락처나 따 가는 놈이라는 사실을 안다면 무척이나 실망할 것 같았다.

"참, 쇼타 선수에게도 다음번에 만나면 더 재미있는 경기를 하자고 전해 줘요."

한정훈이 예의상 한마디를 남기고 커피숍을 뛰쳐나갔다.

그런 한정훈의 뒷모습을 바라보는 모모코의 입가로 알 수 없는 웃음이 번졌다.

"참, 맞다. 모모 짱, 한정훈 선수에게 물어볼 게 있다고 하지 않았어?"

뒤늦게 편지의 내용이 생각 난 김선영이 미안하다는 표정을 지었다.

하지만 모모코는 괜찮다며 웃어보였다. 물어보진 않았지만 그 대답은 이미 충분히 들은 것 같았다.

3

다음 날.

아침 식사를 마친 한정훈은 피곤함을 핑계로 방으로 올라

갔다.

오늘 하루만큼은 온전히 휴식해야 하는 상황이었기 때문에 박찬오는 물론 선수들도 한정훈을 괴롭히지 않았다.

“됐다.”

생각보다 이른 시간에 자유를 손에 넣은 한정훈은 핸드폰을 꺼내 들었다.

그리고 라인이라는 어플을 설치한 뒤에 김선영을 친구 추가했다.

“뭐라고 해야 하지?”

잠시 고심하던 한정훈은 정공법으로 가기로 마음먹었다.

그래도 은인으로 여겨지고 있는데 너무 가볍게 다가가는 건 오히려 역효과가 날 것 같았다.

안녕하세요, 한정훈입니다.

한정훈이 조심스럽게 메시지를 보냈다. 그러자 곧바로 김선영의 답장이 날아왔다.

반가워요. 정말 한정훈 선수 맞으시죠?

네, 한정훈입니다.

친구 초대해 주셔서 고마워요. 잠시만요.

바쁘시면 다음에 대화해도 괜찮아요.

아니요. 잠깐이면 돼요.

"화장실이라도 가나?"

한정훈이 피식 웃었다. 김선영과 대화를 할 수만 있다면 잠깐 기다리는 것쯤은 일도 아니었다.

하지만 그것도 잠시.

"응?"

갑작스럽게 그룹 채팅방이 떠오르면서 한정훈의 기대감은 와르르 무너지고 말았다.

채팅방의 참여 인원은 김선영과 한정훈, 그리고 모모 짱.

아녀하세요.

한정훈이 한숨을 쉴 새도 없이 모모코의 인사가 날아왔다.

네, 모모코 반가워요. 그리고 저 일본어 잘하니까 한국말이 힘들면 일본어로 보내도 괜찮아요.

한정훈은 최대한 실망감을 억눌렀다.

김선영과의 대화에 모모코가 끼어들긴 했지만 포기하기에는 이른 시점이었다.

아니, 오히려 기회라고 생각했다.

모모코와 좋은 모습을 보여준다면 사촌 언니인 김선영에게도 분명 점수를 딸 수 있을 것이라고 여겼다.

하지만 애석하게도 제 할 일을 끝마친 김선영은 금세 잠수를 타 버렸다.

한정훈이 어떻게든 김선영을 수면 위로 떠오르게 만들기 위해 노력했지만 소용없었다.

어느새 채팅창은 한정훈과 모모코의 대화로 채워지기 시작했다.

오늘은 훈련 안 하세요?

네, 어제 선발로 던져서 오늘은 휴식을 취하고 있어요.

몸은 어떠세요?

어깨가 좀 부었지만 괜찮아요.

쇼타 오빠도 집에서 휴식을 취하고 있어요. 괜찮다면 쇼타 오빠도 초대할까요?

하하. 다음 경기에 지장이 있을 수도 있으니까요. 쇼타 선수를 초대하는 건 다음에.

아, 실례했어요. 제 생각이 짧았어요.

아니에요. 저도 쇼타 선수와 친하게 지내고 싶습니다.

모모코는 생각보다 훨씬 순수하고 착했다.

메시지 한 문장을 보내면서도 한정훈의 기분과 입장을 생각하고 배려하려고 애쓰는 모습이 역력했다.

하지만 한정훈은 그런 모모코와의 대화가 즐겁지 않았다.

김선영이 채팅방에 남아 있지 않았다면 실수로라도 채팅창을 나가고 싶은 심정이었다.

그런 줄도 모르고 모모코는 틈만 나면 한정훈에게 메시지를 보냈다.

김선영이 채팅방을 나가지 않은 탓에 한정훈은 매번 마음에도 없는 답을 보내느라 고생해야만 했다.

덕분에 시간은 금방금방 지났다.

그리고 어느새 한일 고교야구 대항전의 마지막 경기 날이 다가왔다.

한국 고교야구 대표팀과 일본 고교 선발팀의 5라운드 경기는 성진우의 7이닝 1실점 호투 속에 한국 고교야구 대표팀의 4 대 1 승리로 끝났다.

언론의 예상대로 5전 전승으로 결승전 선착!

그리고 이어진 경기에서 이쿠에이고등학교가 쓰루가케이고등학교와 난타전 끝에 8 대 6으로 승리하면서 전체 순위 2위로 올라섰다.

한국 고교야구 대표팀과 이쿠에이고등학교의 결승 대진표가 완성되자 일본 전역이 또다시 들썩거렸다.

언론은 이번에도 한정훈과 쇼타의 맞대결을 점쳤다.

한국 고교야구 대표팀 선발로 한정훈이 나올 게 뻔한 상황에서 쇼타만이 유일한 대안이라고 목소리를 높였다.

일방적인 언론의 주장에 부담을 느낀 이쿠에이고등학교의 요다 감독은 쇼타의 컨디션 저하를 들어 선발 출전을 시키지 않겠다는 뜻을 전했다.

그러나 한 언론사가 홀로 투구 연습을 하는 쇼타의 동영상을 공개하면서 여론이 들끓었다.

결국 요다 감독도 입장을 철회하고 쇼타를 선발로 내세울 수밖에 없었다.

이쿠에이고등학교의 선발투수 발표를 기다리던 한국 고교 야구 대표팀도 자연스럽게 한정훈을 선발로 낙점했다.

정상 컨디션의 쇼타를 상대로 팀을 승리로 이끌어줄 수 있는 건 한정훈밖에 없었다.

"알겠습니다."

한정훈도 묵묵히 박찬오의 결정을 받아들였다.

와인드업 포지션에서 공을 던진 탓에 어깨가 조금 뻐근하긴 했지만 공을 던지지 못할 정도는 아니었다.

게다가 부담스러운 건 쇼타도 마찬가지일 터.

구속을 높이려다 밸런스가 무너진 지난 경기의 여파가 남아 있을 테니 약간의 핸디캡을 안고 가도 문제없을 것 같았다.

경기 시작 전 양국의 국가가 울려 퍼졌다.

일본 국가가 울릴 때 한정훈은 슬쩍 이쿠에이고등학교 측 더그아웃을 바라봤다.

더그아웃 앞에 일렬로 선 선수 중 유독 쇼타만 가슴에 손을 얹지 않고 있었다.

한정훈은 순간 마음이 복잡해졌다.

재일교포라는 꼬리표를 단 채로 저만큼 공을 던지기까지 얼마나 피나는 노력을 했을지 보지 않아도 알 것 같았다.

하지만 그렇다고 해서 쇼타를 동정하고 싶진 않았다. 쇼타에게 지고 싶은 마음은 눈곱만큼도 없었다.

오늘 형편없는 투구를 보여준다면 쇼타의 명예 회복은 물 건너가고 말 것이다.

쇼타가 일본 최고의 고교야구 투수라는 걸 스스로 입증할 수 있도록 최선을 다해 공을 던지는 것.

그것이 한국 고교야구 대표팀의 선발투수인 한정훈이 해야 할 일이었다.

"플레이 볼!"

심판의 콜과 함께 경기가 시작됐다.

선공은 이쿠에이고등학교.

한정훈은 세트 포지션 투구를 통해 세 타자를 삼자범퇴로 돌려세웠다.

삼진 1개를 곁들인 투구 수는 총 8개. 전광판에 찍힌 최고 구속은 153km/h였다.

뒤이어 등장한 쇼타도 한국 고교야구 대표팀의 세 타자를 깔끔하게 틀어막았다.

투구 수 11개. 탈삼진을 2개 뽑아냈으며 최고 구속은 156 km/h를 기록했다.

그렇게 한정훈과 쇼타는 주거니 받거니 마운드에 올라 아웃 카운트를 쓸어 담았다.

구속만 놓고 봤을 때 한정훈과 쇼타의 컨디션은 최고라 할 수 없었다.

한정훈의 포심 패스트볼은 150㎞/h 주변을 맴돌았고 쇼타도 포심 패스트볼보다는 삼색 마구를 통해 한국 대표팀 타자들을 상대했다.

그러나 투구 내용은 이견이 없을 정도로 압도적이었다.

한정훈-8이닝 무실점 3피안타 11탈삼진 투구 수 89구.

쇼타-8이닝 무실점 4피안타 10탈삼진 투구 수 102구.

한정훈과 쇼타의 무실점 호투 속에 전광판은 0의 행진을 이어 갔다.

화끈한 경기를 바라던 관중들도 고교야구에서는 찾아보기 어려운 명품 투수전에 숨소리를 죽였다.

오로지 양 팀 타자들만이 어떻게든 점수를 뽑아보려고 씩씩거릴 뿐이었다.

한정훈과 쇼타는 9회에도 등판해 삼자범퇴로 이닝을 마쳤다. 그리고 10회 초가 됐을 때 박찬오가 먼저 투수를 교체했다.

한정훈의 투구 수는 한계 투구 수인 100구에 도달했다.

한정훈은 더 던질 수 있다고 말했지만 박찬오는 한정훈을 무리시킬 생각이 없었다.

오늘 경기에서 이기는 것도 중요하지만 8월에 있을 세계 청소년 야구 선수권 대회를 감안했을 때 한정훈의 어깨를 보호해 줄 필요가 있었다.

한정훈의 뒤를 이어 등판한 송근영은 안타 하나와 사사구 하나를 내줬지만 무실점으로 10회 초를 마쳤다.

그러자 이쿠에이고등학교 측에서도 쇼타를 내리고 이에타를 마운드에 올렸다.

이쿠에이고등학교의 2선발이자 쓰루가케이고등학교전 승리투수인 이에타에게 승리의 기회를 주려 한 것이다.

하지만 쇼타보다 한 수 아래로 평가받는 이에타의 공은 한국 고교야구 대표팀 선수들의 눈에 너무나도 선명하게 들어왔다.

까앙! 까앙!

순식간에 3연속 안타를 때려낸 한국 고교야구 대표팀은 1 대 0, 짜릿한 한 점 차 승리를 거두고 한일 고교야구 대항전 정상에 올랐다.

18장
호사다마

1

한일 고교야구 대항전 결승전.

한국 고교야구 대표팀 1:0 이쿠에이고등학교.

승리투수 송근영.

패전투수 스즈무라 이에타.

보름간 이어졌던 한일 고교야구 대항전이 끝났다.

최종 우승팀은 한국의 고교 대표팀.

한국 고교야구 대표팀에만 두 번을 진 이쿠에이고등학교는 준우승에 머물렀다.

경기 후 주최 측은 박찬오에게 최우수 감독상을 수여했다.

한국 국가 대표 감독으로 선임되고 곧바로 참가한 대회에서 우승을 일궈냈으니 다른 감독의 이름조차 나오지 않았다.

대회 MVP는 한정훈에게 돌아갔다.

7경기 중 3경기에 등판해 24이닝 동안 무실점 호투한 한정훈이 아니었다면 한국의 전승 우승도 없었을 것이라는 게 중론이었다.

최우수 타자상은 휘명고등학교 강동수에게 돌아갔다.

유독 홈런이 많지 않았던 이번 대회에서 중장거리형 타자 강동수의 타격 능력은 빛을 발했다.

경복고등학교 황철민과 정주고등학교 박기완도 물망에 올랐지만 최다 안타 1위에 오른 강동수의 아성을 넘지 못했다.

여기까지는 심사위원들 사이에서도 큰 이견이 없었다.

하지만 최우수 투수상의 수상자에 대한 논의가 시작되자 회의장이 시끌벅적해졌다.

기록적인 부분만 놓고 보자면 최우수 투수상도 한정훈이 수상하는 게 마땅했다.

한정훈은 3경기에 출전해 2승을 챙겼고 24이닝을 소화하는 동안 단 한 점도 내주지 않았다. 그러면서도 탈삼진은 무려 36개를 챙겼다.

다승 공동 1위에 평균 자책점 1위, 최다 탈삼진 1위로 비공인 트리플 크라운을 차지했으니 이번 대회 최고의 투수로 꼽히는 게 당연한 일이었다.

하지만 일각에서는 MVP를 줬는데 굳이 최우수 투수상까지 줄 필요가 있느냐는 반대의 목소리도 적지 않았다.

결승전에서 한정훈과 함께 눈부신 호투를 펼친 쇼타도 최우수 투수상을 받을 자격이 충분하다는 것이었다.

쇼타는 3경기에 출전해 1승 1패, 평균 자책점 1.71을 기록했다.

21이닝을 던지는 동안 거둬들인 탈삼진은 27개.

선발로 나온 투수들 가운데서는 한정훈 다음으로 좋은 기록이었다.

아니, 비정상적인 피칭을 선보인 한정훈이 없었더라면 쇼타의 성적은 만장일치로 최우수 투수상을 받을 만큼 훌륭했다.

그렇다 보니 심사위원들은 어떻게든 쇼타를 수상자 명단에 올리고 싶은 심정이었다.

"하지만 대회 규정상 MVP가 최우수 투수상을 받지 말라는 법은 없습니다."

주최 측은 난감하다는 반응이었다.

본래 다양한 수상자를 배출하기 위해 중복 수상 금지 항목을 집어넣겠다는 걸 반대했던 게 다름 아닌 심사위원들이었다.

취지와 달리 쓸데없이 한국 선수들에게 상이 돌아갈 수도 있다는 이유에서였다.

그래놓고 이제 와 중복 수상을 운운하며 쇼타에게 최우수 투수상을 주는 건 너무나 구차해 보였다.

그러자 상석에 앉아 있던 야구계의 원로 노무라가 조용히 입을 열었다.

"그렇다면 이렇게 합시다. 한정훈도 주고 쇼타도 주는 걸로."

"그것도…… 논란이 되지 않을까요?"

"수상자 선정에는 기록뿐만 아니라 심사위원의 평가도 포함되어 있습니다. 여기 모인 심사위원들의 생각이 다르지 않다면 그리 진행해도 문제없을 겁니다."

노무라의 의견에 모든 심사위원이 고개를 끄덕였다.

눈 가리고 아웅 하는 격이었지만 한정훈과 쇼타 두 사람에게 상을 나눠주는 편이 모두를 만족시킬 수 있는 유일한 길 같았다.

2

[이쿠에이고등학교 에이스 쇼타! 코리안 쇼크 한정훈과 함께 최우수 투수상 수상!]

한일 고교야구 대항전 최우수 투수상의 공동 수상 소식이 전해지면서 일본이 또다시 들썩거렸다.

"공동 수상이라. 캬아, 이렇게 되면 쇼타도 한정훈과 같은 레벨이 되는 거지?"

"에이, 그래도 첫 번째 맞대결에서는 한정훈이 이겼잖아?"

"둘 다 메이저에 갈 실력인데 고작 한 경기 가지고 따지는 건 웃기잖아?"

"어쨌든 이번 대회 최고 투수는 누가 뭐래도 한정훈인데 주최 측에서 무리수를 둔 거 같아."

"하지만 한국 팀이 유리했던 점도 있잖아. 한국은 고교 대표팀인 반면에 나머지 팀은 고교 단일팀이었으니까."

"하긴, 한정훈이 일본 고교 대표팀과 맞붙었어도 이런 말도 안 되는 성적을 냈을까?"

"글쎄. 결국 일본 고교 대표팀을 선발한다고 해도 이번 대회에 출전한 선수들이 우선적으로 뽑힐 텐데…… 그 녀석들 중에 한정훈의 공을 제대로 공략한 녀석이 있었나?"

여론은 엇비슷하게 반으로 갈렸다.

성적으로나 실력으로나 한정훈이 단독 수상하는 게 옳다는 의견이 조금 더 많았지만 쇼타의 완투 능력과 소속팀의 전력 차를 들어 쇼타도 수상할 자격이 충분하다는 반론도 만만치가 않았다.

일본의 야구 전문가들은 중립적인 입장을 견지하면서도 쇼타의 공동 수상도 충분히 납득할 만하다는 사견을 늘어놓았다.

—확실히 쇼타 선수는 2경기나 9이닝을 던졌죠.

—쇼타는 체력적으로 충분히 강점이 있는 투수입니다. 결승전 투수전이 9회가 아니라 10회까지 이어졌다면 경기 결과는 어떻게 됐을지 모르는 거죠.

—경기 기록도 중요하지만 아직 어린 선수들인 만큼 성장 가능성도 살펴볼 필요가 있습니다. 비록 대회 MVP는 한정훈이 차지했지만 쇼타의 재능이 한정훈보다 못하다고 감히 누가 단언할 수 있겠습니까?

—물론 한정훈도 충분히 좋은 투수입니다. 하지만 한정훈에 가려 빛을 보지 못하는 또 다른 좋은 투수인 쇼타를 배려하는 것도 의미 있다고 생각합니다.

야구 전문가들이 은연중에 쇼타를 두둔하자 반대 여론도 조금씩 주춤해지기 시작했다.

때마침 일본의 한 언론사에서 조작된 한정훈의 인터뷰 내용을 보도하면서 공동 수상 논란에 쐐기를 박았다.

—쇼타 선수도 좋은 선수라고 생각합니다.

귀국 비행기에 오르기 직전 한정훈은 한 방송사의 '쇼타를 라이벌로 생각하느냐'는 질문에 이렇게 대답했다.

그런데 정작 방송에서는 '쇼타와 최우수 투수상을 공동으로 수상한 것에 대해 불만이 있느냐'는 질문으로 바뀌었다.

거기다 대고 한정훈이 쇼타를 인정해 버렸으니 더 이상의 논란은 의미 없는 일이 되고 말았다.

"대단하다. 대단해."

실시간으로 일본의 여론을 살피던 최일식은 질렸다는 표정을 지었다.

일본 언론의 조작이 하루 이틀 일은 아니지만 한정훈의 인터뷰를 저런 식으로 짜깁기해서 써먹을 줄은 미처 예상하지 못했다.

"정훈이에게 최우수 투수상을 줘야지. 쇼타와 공동 수상이라는 게 말이나 돼?"

최일식은 손가락을 꼼지락거렸다.

명색에 기자지만 이번만큼은 악플러로 빙의되고 싶은 심정이었다.

그때였다.

지이이잉. 지이이잉.

테이블 옆에 놓아두었던 핸드폰이 요란스럽게 울부짖기 시작했다.

"어이고, 한 기자. 이 시간에 무슨 일이야?"

최일식이 능청스럽게 전화를 받았다.

시간상 한예리가 점심이나 함께하자고 전화했다고 넘겨짚은 것이다.

그러나 일본에서도 인기 만점인 한예리가 고작 밥 먹을 사람이 없어서 전화를 걸 리 없었다.

–선배! 큰일 났어요.

"큰일? 뭐? 아, 공동 수상한 것 때문에 그래?"

–아뇨, 그거 말고요.

"그럼 뭐? 무슨 일인데?"

–그게…….

한예리의 다급한 목소리가 핸드폰을 타고 흘렀고 최일식의 얼굴은 빠르게 굳어져 갔다.

3

입국장을 빠져나온 박찬오의 표정은 상당히 상기되어 있었다.

비행기에서 내리기가 무섭게 서재훈에게 걸려온 전화 한

통 때문이었다.

—형, 큰일 났어요. 협회에서 정훈이 징계한다고 난리예요!

박찬오는 선수들의 인솔을 최인섭에게 맡기고 곧장 협회로 움직였다.

그리고 곧장 부회장 김태식의 방으로 향했다.

"어이고, 이게 누구신가? 박 감독 아니신가?"

갑작스러운 방문에도 김태식은 능청스럽게 박찬오를 맞았다.

선수단과 함께 입국한 직원을 통해 박찬오의 움직임을 전해 들은 모양이었다.

그러나 박찬오는 한가하게 잡담이나 하려고 김태식의 방에 쳐들어온 게 아니었다.

"한정훈 선수에 대한 징계 철회해 주십시오!"

박찬오가 울분에 찬 목소리로 말했다.

한일 고교야구 대항전의 MVP이자 팀의 에이스 노릇을 했던 투수에게 상을 주지는 못할망정 징계라니.

이건 결코 있을 수 없는 일이었다.

하지만 김태식은 피식 웃어넘겼다.

고작 박찬오의 말 한마디에 징계를 철회하려 했다면 애당초 일을 벌이지도 않았을 것이다.

"부회장님!"

박찬오가 언성을 높였다.

가급적이면 신사답게 대화로 해결하고 싶었지만 김태식의 태도를 보니 도저히 말이 통할 것 같지 않았다.

그러자 김태식이 기다렸다는 듯이 불쾌함을 드러냈다.

"박 감독, 협회 소속 선수가 잘못을 했으면 징계를 내리는 게 협회의 일입니다. 그걸 감독이 나서서 이래라저래라 할 수는 없는 일이지요. 안 그렇습니까?"

"크윽……!"

박찬오가 이를 악물었다.

기대 이상의 성적 때문에 협회에서 견제가 들어올 것이라는 이야기를 듣긴 했지만 이 정도일 줄은 전혀 예상하지 못했다.

그저 다음번 청소년 야구 선수권 대회 때 선수 선발에 적극적으로 개입하는 정도일 것이라고 여겼다.

협회의 권한을 남용해 아무 잘못 없는 선수를 찍어 누를 줄은 꿈에도 생각하지 못했다.

하지만 흔들리는 입지를 다잡아야 하는 김태식에게 이 정도 일은 특별히 대단한 축에도 들지 못했다.

"하실 이야기 다 하셨으면 그만 나가 보세요. 이 김태식이, 사전 약속 없이 불쑥불쑥 찾아온다고 해서 쉽게 만날 수 있는 사람 아닙니다."

김태식이 이미 게임은 끝났다며 손사래를 쳤다.

박찬오가 반대할 것을 감안해 일찌감치 징벌 위원회를 소집하고 한정훈에 대한 징계 처분을 내린 상태였다.

그러나 박찬오는 김태식이 진정 원하는 게 따로 있다는 사실을 모르지 않았다.

"제가…… 뭘 어떻게 하면 됩니까?"

박찬오가 이를 악물며 말했다.

"왜요? 내 앞에서 무릎이라도 꿇으시게?"

김태식이 피식 웃었다. 설사 박찬오가 무릎을 꿇는다 하더라도 달라지는 건 아무것도 없었다.

"내가 말했죠. 한정훈인지 뭔지 하는 놈 기용하지 말라고. 왜 내 말을 안 듣고 그래요?"

분노로 온몸을 바들바들 떨어대는 박찬오를 바라보며 김태식이 한껏 조소를 머금었다.

고작 국가 대표 감독 자리에 앉았다고 오만방자를 떨더니 꼴좋았다. 그 자리를 대단한 자리라 착각하고 거들먹거린 것부터가 잘못된 일이었다.

게다가 한정훈에 대한 징계 사유는 명확했다.

협회 직원의 제지가 있었음에도 불구하고 제멋대로 일본 언론과 기자 회견을 한 점.

그리고 가볍게 도핑테스트를 입에 올려 한국의 이미지를

실추시킨 점.

일개 선수로서 저지른 잘못이 명백했기 때문에 회장인 이신호조차 군말 없이 징계 건을 수용한 것이다.

'박 감독, 다음 선수권에서도 그 녀석 덕을 볼 생각이었나 본데 어림없소. 내가 당신이 잘되도록 두고만 볼 것 같소?'

김태식은 이제 박찬오도 끝이라고 여겼다.

아직 구체적인 논의가 이루어진 건 아니었지만 협회 내부에서도 박찬오 역시 책임을 져야 한다는 목소리가 나오고 있었다.

이번 기회에 박찬오를 감독 자리에서 쫓아낸다면 좋겠지만 한일 고교야구 대항전에서 우승을 한 탓에 현실적으로 쉽지 않았다.

그래서 김태식은 서두르지 않고 차근차근 박찬오를 낭떠러지로 밀어냈다. 번듯한 이미지로 살아온 박찬오에게는 징계 위원회에 출석하라는 요구조차 부담스러울 터.

그렇게 하나씩 자신의 두려움을 각인시켜 줄 생각이었다.

하지만 박찬오와 한정훈을 쳐서 이신호 라인을 흔들어 놓겠다던 김태식의 계획은 고작 2시간도 지나지 않아 수포로 돌아가고 말았다.

"단체 CF? 누가?"

"그게 정한그룹이라고 합니다."

"정한그룹이라면 이번에 프로 구단 창단하겠다던?"

"네."

"그런데 왜 우리한테 후원을……. 서, 설마……?"

"아무래도 한정훈 선수 때문인 것 같습니다."

"젠장할!"

자신의 사무실에서 팔자 좋게 곰탕을 시켜 먹던 김태식이 숟가락을 내던졌다.

하필 이 타이밍에 정한그룹의 후원이라니. 타이밍이 안 맞아도 이렇게 안 맞을 수가 없었다.

지난겨울 새로 취임한 KBO의 총재는 2년 안에 11구단과 12구단을 동시 창단시키겠다는 의욕적인 포부를 밝혔다.

10구단 체제가 이제 막 자리를 잡아가던 상황이라 시기상조라는 목소리가 나왔지만 총재는 곧바로 신생 구단 창단 지원 TFT를 조직하며 12구단 체제의 준비를 서둘렀다.

그리고 얼마 지나지 않아 총재와 친분이 두텁던 재계 10위권의 정한그룹이 11구단 창단 의사를 밝히고 10구단 창단 때 물을 먹었던 부명그룹이 12구단 창단을 선언하면서 불가능이라 여겼던 12구단 체제가 가시권에 들어온 상황이었다.

이런 상황에서 정한그룹이 단체 CF를 제안한 이유야 뻔했다.

우수한 인재의 선점.

지금까지의 전례대로라면 정한그룹이 신생 구단을 창단할 경우 우선 지명권을 행사할 수 있게 된다.

그 우선 지명의 대상자들은 올해 졸업 예정자인 고등학교와 대학교 야구 선수들이 될 터.

그중에서도 한일 고교야구 대항전에서 전승 우승이라는 좋은 성적을 거둔 선수들과 자연스럽게 접촉할 수 있다면 CF뿐만 아니라 협회에 상당 금액의 후원금을 내더라도 아깝지 않다는 계산을 한 것이다.

그런데 하필이면 한정훈의 징계가 결정된 시점에서 CF 제안이 들어왔으니 김태식의 입장에서는 난감할 수밖에 없었다.

그러나 심복인 최병곤이 가져온 소식은 그것만이 아니었다.

"그리고……."

"그리고? 또 뭐가 있는데?"

"JBS에서 한일 고교야구 대항전의 다큐멘터리를 제작하겠다고 협조 공문을……."

"뭐? JBS? 거기 정한그룹 쪽 아냐?"

"네, 그런데 JBS가 일본의 후조 TV와 공동으로 제작할 예정이라고 해서……."

"공동? 일본의 후조 TV하고?"

김태식은 다시 집어 들었던 숟가락을 완전히 내려놓았다.

단체 CF 문제야 어느 정도 시간적인 여유가 있겠지만 다큐멘터리 촬영 요청 문제는 달랐다.

JBS가 정한그룹의 지시를 받고 혼자 움직인 것이라면 또 모르겠지만 일본 굴지의 방송사인 후조 TV에서 먼저 공동 촬영 제안을 한 거라면 상황은 다를 수밖에 없었다.

"징계 절차 어디까지 진행됐어?"

김태식이 최병곤을 바라봤다. 그러자 최병곤이 조심스럽게 눈알을 굴려댔다.

징계에 대한 공식적인 절차는 거의 마무리 단계였다.

한정훈에게 소명의 기회를 주긴 하겠지만 그렇다고 해서 징계 수위가 달라지는 건 아니었다.

하지만 이 와중에 그런 말을 했다간 김태식의 숟가락이 자신의 얼굴에 날아들 것 같았다.

"아직 최종심의 중입니다."

"그래? 개인한테 통보는 안 한 거지?"

"그럼요. 부회장님께 최종 재가를 받고 진행하려고 했습니다."

"그래, 그렇다면…… 일단 보류해."

김태식이 마지못한 얼굴로 말했다.

이 시점에서 한정훈을 건드렸다간 독박을 쓸 가능성이 컸다. 협회의 고위 임원이 선수 죽이기를 한다는 말이라도 나

돈다면 오랜 염원이던 정계 진출이 어려워질 수도 있었다.

"알겠습니다. 제가 깔끔하게 처리하겠습니다."

최병곤이 씩 웃으며 고개를 숙였다.

그러나 부회장실을 나서는 그의 얼굴은 어느새 당혹감으로 가득 차 있었다.

"하아, 시팔. 좆됐네. 이제 와서 말을 바꾸면 어쩌라는 거야."

한정훈의 징계 건은 최병곤이 토스한 것이었다.

기자 회견의 내용을 전해 듣고 불같이 화를 내는 김태식에게 해명하기 위해 고교야구 대표팀보다 나흘 일찍 귀국해 적당히 과장해 보고한 게 단초였다.

물론 최병곤도 김태식이 이 정도로 세게 징계를 때릴 거라고 기대했던 건 아니었다.

그저 한정훈 길들이기용으로 적당한 때에 활용할 수 있을 정도면 충분하다고 여겼다.

하지만 위기감에 빠져 있던 김태식이 느닷없이 칼을 뽑아 들면서 최병곤의 예상보다 일이 커져 버렸다.

설상가상 일을 키우는 역할마저 최병곤에게 떨어졌다.

덕분에 최병곤은 지난 며칠간 지금까지 집에도 들어가지 못하고 이 일에 매달려야 했다.

징계 위원회 위원들을 구워삶고 기자들과 술을 마시며 김태식의 계획대로 일이 풀리도록 노력하고 애썼다.

그런데 이제 와서 그 일을 없던 것으로 하겠다니. 최병곤은 그저 한숨밖에 나오지 않았다.

그때였다.

지이잉. 지이잉.

최병곤의 핸드폰이 부리나케 울어대기 시작했다.

발신인은 조 기자.

최병곤의 사주를 받고 한정훈의 징계 관련 기사를 가장 먼저 터뜨리기로 은밀히 약속한 상태였다.

그런 그가 이 타이밍에 전화를 건 이유야 뻔했다.

"이런 젠장할!"

최병곤이 다급히 전화를 받았다. 그리고 절대 기사를 내보내서는 안 된다며 고래고래 악을 써댔다.

4

"뭐야?"

"이제 와서 기사를 내보내지 말라니?"

최병곤이 보낸 단체 메시지를 확인한 기자들은 하나같이 이맛살을 찌푸렸다.

한정훈에 대한 징계 기사를 위해 일부러 자리까지 빼놓았는데 갑자기 작전 취소라니.

찜찜한 건 둘째 치고 당장에 새로운 기삿거리를 만들어내야만 하는 상황이 되어버렸다.

그러나 일찌감치 이 같은 상황을 예견한 최일식은 여유롭게 마우스만 까닥거리고 있었다.

"마지막으로 한 번 확인해 볼까?"

기사 내용을 쑥 훑어 내린 최일식이 만족스러운 표정을 지었다.

그리고 한예리와 약속한 시간에 맞춰 기사를 송고했다.

그리고 잠시 후.

[11구단 창단 예정 기업 정한! 한일 고교야구 대항전 우승을 축하하기 위해 단체 CF 제안!]

[JBS-후조 TV, 공동으로 한일 고교야구 대항전 다큐멘터리 제작 결정!]

협회의 나팔수들을 닭 쫓던 개로 만들 따끈따끈한 기사 두 개가 동시에 주요 포털을 장악했다.

최일식과 한예리는 기사를 통해 한국 고교야구 대표팀의 활약상을 함께 전했다.

특히나 한정훈이 MVP와 최우수 투수상을 동시에 석권했다는 사실을 강조했다.

ㄴ이러다 한정훈 정한에서 뛰는 거 아님?

ㄴ붕신아, 한정훈 아직 2학년이잖아 2학년이 드래프트 참가하는 거 봤냐?

ㄴ붕신이 누구더러 붕신이래? 넌 드래프트 룰 바뀐다는 소문도 못 들어봤냐?

네티즌들은 선수 확보에 열을 올리고 있는 정한그룹이 한정훈을 노리고 있다고 추측했다.

그럴수록 정한그룹 내 구단 창단 지원 팀은 웃음을 참지 못했다.

"봐요. 제 말이 맞죠? 이슈는 빨리 선점해야 한다니까요?"

"다 좋은데 이러다 갑자기 메이저로 뜬다거나 하진 않겠지?"

"에이, 요새는 다들 프로 갔다가 메이저 가는 추세잖아요. 고등학교 졸업하고 메이저 가서 성공하는 선수들도 없고요."

"맞아요. 그리고 걱정할 거면 부명을 걱정해야죠."

"부명에서 숟가락 얹으면 회장님이 가만 안 있을걸?"

"아무튼 밑밥은 깔아놨으니까 한정훈 선수하고 교감만 잘하면 되는 건가?"

"다른 선수들도 신경 써야죠. 괜히 서운하게 만들었다간 전부 부명으로 가려고 들지도 모른다고요."

아직까지 공식적으로 확정된 건 아니지만 정한그룹과 부명그룹의 프로 야구 창단은 기정사실이나 마찬가지였다.

9구단과 10구단의 예처럼 연차적으로 창단을 한다면 좋겠지만 KBO 총재는 프로 야구의 파행을 막기 위해 2개 구단의 동시 창단을 천명한 상태였다.

만약 이대로 두 구단이 동시에 프로야구에 진입하다 보면 아무래도 서로가 비교의 대상이 될 수밖에 없었다.

그래서 정한그룹에서는 한발 앞서 단체 CF를 제안했다.

정한그룹이 소유한 스포츠 브랜드의 모델로 대표팀 선수들을 내세우면 자연스럽게 프로 야구 마케팅으로까지 활용이 가능했다.

그 과정에서 대중들에게 대표팀 선수들과 정한이 잘 어울린다는 이미지를 심어줄 수만 있다면?

추후 선수들의 수급에 있어서 부명보다 유리한 위치를 차지할 수 있을 터였다.

"자, 자. 빨리빨리 서두릅시다. 8월에 청소년 야구 선수권대회가 있으니까 그 전에 광고가 방송을 타야 합니다!"

팀장의 독려 속에 직원들이 다시 일에 빠져들었다.

부명을 앞지르겠다는 그들의 열정적인 마케팅 덕분에 한

정훈의 징계 논의도 창고 구석으로 사라지고 말았다.

5

한일 고교야구 대항전 이후로 한정훈을 찾는 이가 많아졌다. 지인에 지인을 통해 한 다리라도 걸쳐 있으면 어떻게든 한정훈과 인연을 만들려고 애썼다.

그만큼 한정훈의 위상이 달라졌다.

봉황기에서 최우수 투수상을 탈 때까지만 해도 그저 가능성 있는 젊은 선수 정도로 인정받았다면 지금은 대한민국의 미래를 이끌어 갈 최고의 투수로 주목받게 된 것이다.

그러나 한정훈은 주변의 관심에 신경을 쓸 여력이 없었다. 여러모로 사정이 좋지 않았기 때문이다.

에이스인 한정훈이 빠진 동명고등학교는 황금사자기에서 3라운드 탈락의 고배를 마셨다.

1라운드와 2라운드는 순항을 이어갔지만 3라운드에서 하필 봉황기 우승팀인 중흥고등학교를 만나고 만 것이다.

동명고등학교와 마찬가지로 중흥고등학교에서도 우완 에이스인 이승민을 대표팀에 보낸 상황이었다. 하지만 중흥고등학교에는 좌완 에이스인 강현승이 남아 있었다.

강현승을 맞아 공명찬도 호투를 펼쳤지만 끝내 동명고등

학교의 타선이 터지지 않았다.

3 대 0.

너무나 아쉽게 진 경기라 선수들의 머릿속에 한정훈이 떠오를 수밖에 없었다.

“괜찮아. 청룡기가 있잖아.”

“청룡기 때 다시 한 번 중흥고등학교하고 붙었으면 좋겠다.”

선수들은 한정훈이 돌아올 청룡기를 기다렸다.

하지만 애석하게도 한정훈은 청룡기에 등판할 수 있는 상황이 아니었다.

“어깨가 부었어. 심각한 수준은 아니지만 당분간은 컨디션 조절을 해야 할 것 같아.”

귀국과 동시에 한정훈은 강혁과 함께 김정민 정형외과를 찾았다.

와인드업 포지션으로 162㎞/h의 공을 던진 만큼 어깨 상태를 점검하기 위해서였다.

불행히도 강혁의 예상처럼 한정훈의 어깨가 조금 손상되어 있었다.

경미한 염증 소견이었지만 강혁의 표정은 심각했다.

한정훈이 이미 한 차례 어깨 부상을 겪은 만큼 조금만 방심해도 악화될 가능성이 높기 때문이었다.

“너, 청룡기는 포기해라.”

"가, 감독님!"

"아니면 청룡기를 던지고 청소년 야구 선수권 대회를 포기하던지."

"헐……."

한정훈은 순간 말문이 막혔다.

어깨가 조금 뻐근하긴 했지만 잘 치료받으면 청룡기 3라운드 전까지는 충분히 복귀가 가능한 상태였다.

그런데 청룡기와 청소년 야구 선수권 대회, 둘 중 한 대회를 포기하라니.

강혁이 무슨 생각을 하고 있는 건지 이해가 가질 않았다.

그러나 강혁도 가벼운 마음으로 내린 결정이 아니었다.

"팀을 위해서라면 널 청룡기에 등판시키는 게 옳겠지. 하지만 그렇게 되면 나는 네 몸 상태가 온전하지 못할 때 마운드에 올려야 할지도 모른다. 물론 너는 괜찮다고 하겠지만 내가 괜찮지가 않아. 그러다 잘못해서 어깨 상태가 나빠지기라도 한다면 더 중요한 대회를 놓치게 될지도 모른다."

"하지만 저는……."

"내 말 아직 안 끝났다. 에이스로서 팀의 성적을 걱정하는 네 마음은 충분히 이해한다. 하지만 에이스가 없더라도 선수들이 똘똘 뭉쳐서 위기를 헤쳐 나가는 게 진정한 팀이다. 그리고 전국 대회는 아직 많이 남아 있다. 그러니까 너도 청룡기에서 던지겠다고 무리하지 말고 천천히 청소년 야구 선수권을 준비하도록 해라. 알았지?"

"후우……."

한정훈은 대답 대신 한숨을 내쉬었다.

1학년을 재활과 투구 폼 교정으로 통째로 날리고 이제야 공을 던지게 됐는데 청룡기를 지켜봐야만 한다는 사실이 답답하기만 했다.

실망감이 가득한 제자의 모습에 강혁의 마음도 편치는 않았다.

다행히도 의사 소견이 심각한 건 아니었다.

한정훈의 의욕처럼 푹 쉬고 몸을 만든다면 청룡기 때 얼마든지 복귀가 가능해 보였다.

하지만 강혁은 한일 고교야구 대항전에서 갑자기 무리한 한정훈의 어깨가 신경 쓰였다.

한정훈의 스승이기 이전에 전직 투수로서, 또한 투수 전문가로서 지나치게 민감하게 구는 것일지도 모르겠지만 나중을 위해서라도 지금쯤 한 번 브레이크를 잡아주는 게 옳다고 생각했다.

그만큼 한정훈은 한일 고교야구 대항전에서 열심히 던졌다. 아니, 열심히 던질 수밖에 없었다.

국가 대항전에서 중요하지 않은 경기란 없겠지만 한정훈

은 그중에서도 반드시 승리가 필요한 경기에 선발 등판했다.

사가미고등학교와의 1차전에서 한정훈은 이승민을 대신해 대타로 마운드에 올랐다.

이승민의 부상으로 팀의 분위기가 가라앉은 가운데 상대팀은 코시엔 정상에 오른 강팀이었다.

여기서 패배한다면 나머지 경기에까지 부정적인 여파가 미칠 수 있었다.

이쿠에이고등학교와의 4차전의 부담감은 더 했다.

한국 고교야구 대표팀의 결승 진출이 걸린 경기였다.

게다가 상대 선발은 일본 고교야구 최강의 투수라는 쇼타.

어느새 대표팀의 에이스가 되어버린 한정훈의 입장에서는 쇼타를 누르고 팀을 승리로 이끄는 것 이외에 다른 생각은 할 수가 없었다.

결승전은 굳이 말할 필요조차 없었다.

한국 고교야구 대표팀의 전승 우승이 걸린 경기였다.

여기서 패배한다면 지금까지 이뤄놓은 모든 게 물거품이 되는 상황이었다.

거기다 상대 선발은 또다시 쇼타였다. 쇼타는 지난 경기의 부진을 만회하려고 이를 악물고 던졌다.

그런 강적을 맞아 한정훈도 그야말로 팔이 빠져라 공을 던질 수밖에 없었다.

결과적으로 고작 세 경기를 치렀을 뿐이지만 강혁에게는 거의 서른 경기를 치른 것처럼 느껴졌다.

그만큼 한정훈은 전력을 다해 공을 던졌다.

7이닝, 8이닝, 9이닝. 경기가 거듭될수록 던지는 이닝마저 늘어만 갔다.

에이스로서의 책임감과 팀의 사정을 고려한 피치 못한 결과였겠지만 애석하게도 한정훈은 보호받지 못했다.

그 점에 대해 박찬오도 귀국 후 전화로 사과했을 정도였다. 어린 한정훈을 신경 써 주겠다던 약속을 지키지 못해서 미안하다고 말이다.

처음 한정훈이 한일 고교야구 대항전의 대표팀에 선발됐을 때 강혁은 기쁨보다 걱정이 앞섰다.

소속팀에서 공을 던지는 것과 국가 대표로 공을 던지는 건 전혀 다른 일이었다.

태극 마크를 단 이상 소속팀의 에이스는 없고 국가 대표의 일원만 남게 되는 것이다.

차라리 한정훈이 제 이익을 챙기는 영악한 선수였다면 강혁도 한시름 놓았을 것이다.

그러나 한정훈은 천생 투수였다. 자신이 공을 던져야 하는 상황이라면 군말 없이 마운드에 오르는 선수였다.

마운드에 올라서도 대충 공을 던지는 법이 없었다.

컨디션이 좋으면 좋은 대로 나쁘면 나쁜 대로 자신이 할 수 있는 최선을 다하는 선수였다.

그래서 강혁은 불안했다. 한정훈의 그 열정이 독이 되어 아직 덜 여문 어깨를 힘들게 만들지도 모른다고 생각했다.

그리고 불행히도 그 예상은 맞아떨어졌다.

이쿠에이고등학교와의 결승전에서 한정훈의 포심 패스트볼 구속은 무려 4㎞/h 가까이 줄어들어 있었다.

무브먼트도 마찬가지였다. 평소라면 타자의 눈앞에서 솟구치는 듯한 움직임을 보여줬을 공들이 대부분 평범한 포심 패스트볼로 전락해 버렸다.

다행히도 이쿠에이고등학교 타자들이 한정훈이라는 이름에 지레 겁을 먹어서 제대로 공략해 내지 못했지만 결과가 좋다고 해서 문제까지 사라지는 건 아니었다.

만약 한정훈이 같은 컨디션으로 이쿠에이고등학교와 비슷한 수준의 전혀 다른 고등학교 팀을 상대했다면?

아마도 9이닝 무실점 호투는 어려웠을 것이다.

만약 강혁이 국가 대표팀의 감독이었다면 한정훈을 5회 이상 끌고 가지 않았을 것이다.

승리도 좋지만 한정훈만 생각한다면 그 이상의 투구는 확실히 무의미했다.

그러나 박찬오는 한정훈을 9회까지 마운드에 올렸다. 아니, 올릴 수밖에 없었다.

한국 고교야구 대표팀 타자들이 쇼타의 공에 꽁꽁 묶여 있는데 한정훈을 먼저 내릴 수는 없었을 터였다.

강혁은 그런 박찬오의 결정을 비난할 수 없었다.

국가 대표의 부담감은 선수들만 느끼는 게 아니다.

오히려 국가 대표 감독으로 선임되고 처음으로 출전한 경기에서 우승을 코앞에 둔 박찬오가 더 큰 부담을 느낄 수밖에 없었다.

그런 속사정을 잘 알기 때문에 강혁은 사과하는 박찬오에게 끝내 단 한마디의 쓴소리도 하지 못했다.

오히려 고생했다고, 이해했다고 말한 게 전부였다.

국가 대표란 그런 것이다. 그렇기 때문에 강혁은 더 걱정이었다.

재능이 유지가 되는 한 한정훈은 앞으로도 태극 마크를 가슴에 단 채로 수많은 국가 대항전에 출전하게 될 것이다.

그때마다 감독들이 승리를 위해 한정훈을 이런 식으로 혹사시킨다면…….

한정훈도 제대로 된 꽃을 피워보기도 전에 꺾이고 말 것이다.

강혁은, 한정훈이 그렇게 사라지길 원치 않았다. 제자를 아끼는 마음에 과잉보호를 하려는 게 아니었다.

지난 몇 년간 한국을 대표해 왔던 젊은 투수들이 어떤 일들을 겪었는지를 보더라도 충분히 짐작할 수 있는 일이었다.

그렇다고 한정훈에게 국가의 부름을 거절하라고 말할 수도 없었다.

태극 마크를 달고 어린아이처럼 좋아하던 한정훈의 모습은 여전히 잊혀지지가 않았다.

그래서 강혁은 한정훈이 자신의 품을 떠나기 전까지 더욱 단단하게 만들 생각이었다. 누구보다 강하게 키울 생각이었다.

한정훈이 보다 큰 무대에서 자신의 실력을 마음껏 뽐낼 수 있도록, 다시 국가 대표 에이스로 몸을 불사르게 되더라도 끄떡도 하지 않도록 말이다.

그러나 애석하게도 주어진 시간이 많지 않았다.

본래라면 내년까지 한정훈을 지도할 수 있었겠지만 근래에 들려오는 소문으로는 올해가 마지막일지도 몰랐다.

그리고 정말 올해까지라면…… 시간은 더 없어지고 만다.

어쩔 수 없이 강혁도 모진 결단을 내릴 수밖에 없었다.

"어쩌면 내가 밉고 원망스러울지도 모르겠다. 그래도 나는 네가 무리하지 않았으면 좋겠다."

강혁이 다시 한 번 한정훈을 설득했다.

불필요한 미사여구 따윈 들어 있지 않았지만 그 어떤 말보다 진심을 담았다.

다행히도 강혁의 진심은 한정훈에게 전해졌다.

"알겠습니다."

한참을 고심하던 한정훈이 이내 고개를 끄덕거렸다.

6

강혁은 곧바로 김미영을 불러 한정훈의 재활 스케줄을 짰다.

다행히 부상을 당한 게 아닌 만큼 재활 일정은 짧았다.

대신 김미영은 한정훈의 어깨 근력을 강화하기 위한 강도 높은 훈련 스케줄을 만들었다.

"더! 더! 더! 그것밖에 못 해? 그래서 아시안 게임 나가겠어?"

김미영은 예전처럼 한정훈의 옆에 찰싹 달라붙어서 악마 조교 역할을 자처했다.

그러면서도 주기적으로 아시안 게임을 입에 올렸다.

한일 고교야구 대항전 우승으로 인해 안일해졌을지 모를 한정훈의 정신력을 재무장시키기 위해 보다 크고 확실한 목표를 세워주자는 취지에서였다.

물론 현실적으로 봤을 때 한정훈이 2018년 자카르타에서 열릴 아시안 게임에 출전할 가능성은 크지 않았다.

올림픽에서 야구가 배제된 이후로 병역 면제를 받을 수 있는 대회는 현재까지 아시안 게임이 유일했다.

각 프로 구단마다 실력 있는 미필 선수들을 밀어주고 있는 상황에서 고등학교 2학년인 한정훈이 내년에 있을 아시안 게임에 선발될 확률은 0에 가까웠다.

그러나 김미영도 아무런 생각 없이 아시안 게임을 운운하는 게 아니었다.

그렇다고 2022년 항저우 아시안 게임을 벌써부터 입에 올리는 것도 아니었다.

지금보다 더 성장하면, 너도 충분히 아시안 게임 국가 대표가 될 수 있어!

김미영은 그렇게 한정훈을 혹독하게 몰아붙였다.

처음에는 애써 웃어 넘겼던 한정훈도 어느 순간부터는 자카르타 아시안 게임의 국가 대표에 합류하고 싶다는 욕심이 생기기 시작했다.

그 결과 한정훈은 고작 한 달 만에 재활 종료 시점보다 나은 체력 수치를 찍었다.

어깨 근육량도 늘어났고 흐트러졌던 투구 밸런스도 좋아졌다. 구속도, 구위도 한창 좋았을 때와 비슷한 수준으로까지 올라왔다.

한창 성장할 때의 효과를 톡톡히 본 것이다.

"이제부터는 구종을 늘려 보자."

한정훈의 몸 상태를 확인한 강혁은 구종을 늘릴 시점이 왔다고 판단했다.

물론 단기간에 새로운 구종을 추가한다는 건 프로 선수들에게도 쉬운 일이 아니었다.

강혁도 몇몇 기자가 지적하는 대로 한정훈에게 슬라이더를 장착시킬 생각이 없었다.

이상하게도 한정훈은 슬라이더에 대한 거부감을 가지고 있었다.

슬라이더를 던지면 미묘하게 밸런스가 깨진다는 것이었다.

실제로 몇 차례 실험을 통해 밸런스 문제를 확인한 강혁도 한정훈에게 슬라이더를 강요하지 않았다.

하지만 앞으로를 생각한다면 체인지업과 너클 커브 이외의 추가 구종이 필요한 상황이었다.

그래서 생각한 변종 체인지업.

기존의 체인지업에서 새로운 무브먼트를 가미한 공을 개발하는 것이었다.

이미 한정훈은 포심 패스트볼과 체인지업만으로도 고교야구계를 평정했다.

너클 커브가 보여주기 식 구종인 걸 감안하면 투 피치 투수나 마찬가지였다.

여기에 변종 체인지업까지 가미된다면 타자들의 머릿속은 복잡해질 수밖에 없었다.

"일단은 체인지업을 가다듬도록 하자. 그리고 투심은 틈틈이 연습하는 것으로 하고."

강혁이 청소년 야구 선수권 대회 이전까지의 목표를 명확하게 했다.

한일 고교야구 대항전 과정에서 한정훈은 박찬오에게 두 가지 공을 사사받았다.

박찬오표 커브와 투심 패스트볼.

그중에서 한정훈은 투심 패스트볼에 관심을 보였다.

커브도 좋지만 현재의 피칭 스타일상 투심 패스트볼이 더 어울린다고 판단한 것이다.

강혁도 그런 한정훈의 판단에 전적으로 동의했다.

한정훈은 나이에 못지않게 수 싸움과 타이밍 싸움에 능했다.

한계에 부딪힌 시점이라면 모르겠지만 벌써부터 커브 계열을 승부구로 사용할 필요는 없었다.

그렇다고 당장 투심 패스트볼 연마가 급한 것도 아니었다.

현재 한정훈은 일반적인 포심 패스트볼과 라이징성 포심

패스트볼을 구분해 사용하고 있다.

언제고 신체 능력이 정점에 오를 시점이 되면 모든 패스트볼의 무브먼트가 좋아져 라이징성 패스트볼로 진화하겠지만 그 전까지는 지금처럼 두 개의 포심 패스트볼을 나눠 던지는 것만으로도 충분했다.

그보다는 체인지업이라는, 한정훈이 던지는 유일한 변화구가 통타당하지 않도록 개량시킬 필요가 있었다.

"그런데 감독님이 가르쳐 주시는 거예요?"

한정훈이 기대에 찬 눈으로 물었다.

강혁에게 지금껏 많은 가르침을 받았지만 특별히 구종을 사사받은 적은 없었다.

그러자 강혁이 쓴웃음을 지었다.

"내가 그 정도 실력이 됐으면 일찍 은퇴했겠니?"

"그럼요?"

"저기 오네. 네 전담 투수 코치."

강혁이 슬쩍 고개를 돌렸다. 그의 시선 끝으로 한 사내가 능글맞게 웃으며 다가오고 있었다.

"재훈이 형?"

사내를 발견한 한정훈이 눈을 치떴다.

광주 타이거즈 서재훈.

은퇴를 앞두고 마지막 투혼을 불사르겠다던 그가 자신을 향해 다가오고 있었다.

to be continued

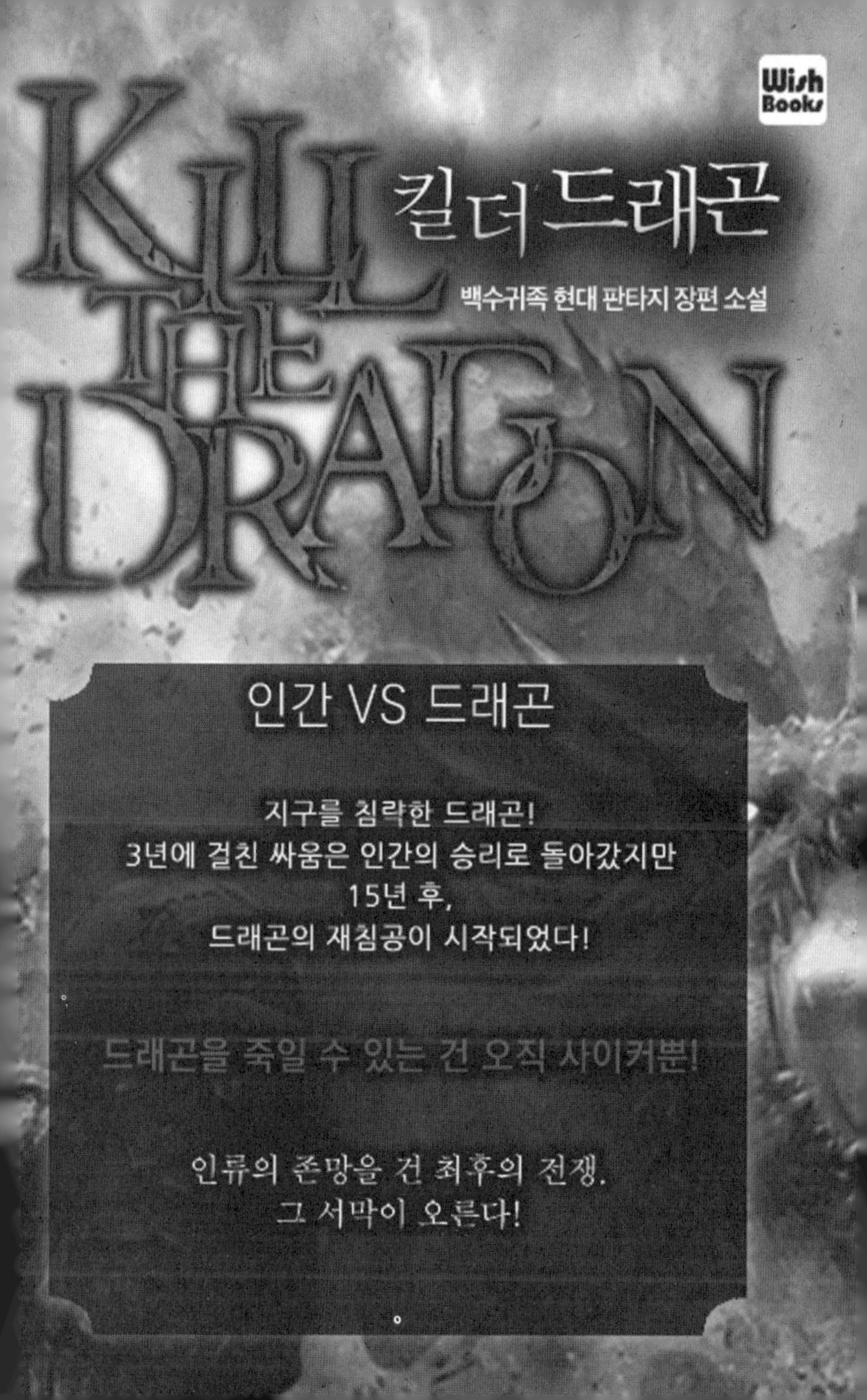
Wish Books
KILL THE DRAGON
킬 더 드래곤
백수귀족 현대 판타지 장편 소설
인간 VS 드래곤
지구를 침략한 드래곤!
3년에 걸친 싸움은 인간의 승리로 돌아갔지만
15년 후,
드래곤의 재침공이 시작되었다!
드래곤을 죽일 수 있는 건 오직 사이커뿐!
인류의 존망을 건 최후의 전쟁.
그 서막이 오른다!

Wish Books
온후 현대 판타지 장편 소설
던전사냥꾼
Dungeon Hunter
나는 실패했고, 다시 도전한다.
더 이상 실패란 없다!
마왕이 되고자 했으나 실패한 랜달프
생의 마지막 순간
과거로 돌아오다!
다시 한 번 주어진 기회
이제 다시는 잃지 않겠다!
지구에 나타난 72개의 던전과 그곳의 주인들.
그리고 각성자들.
나는 그들 모두를 잡아먹는 사냥꾼이다.

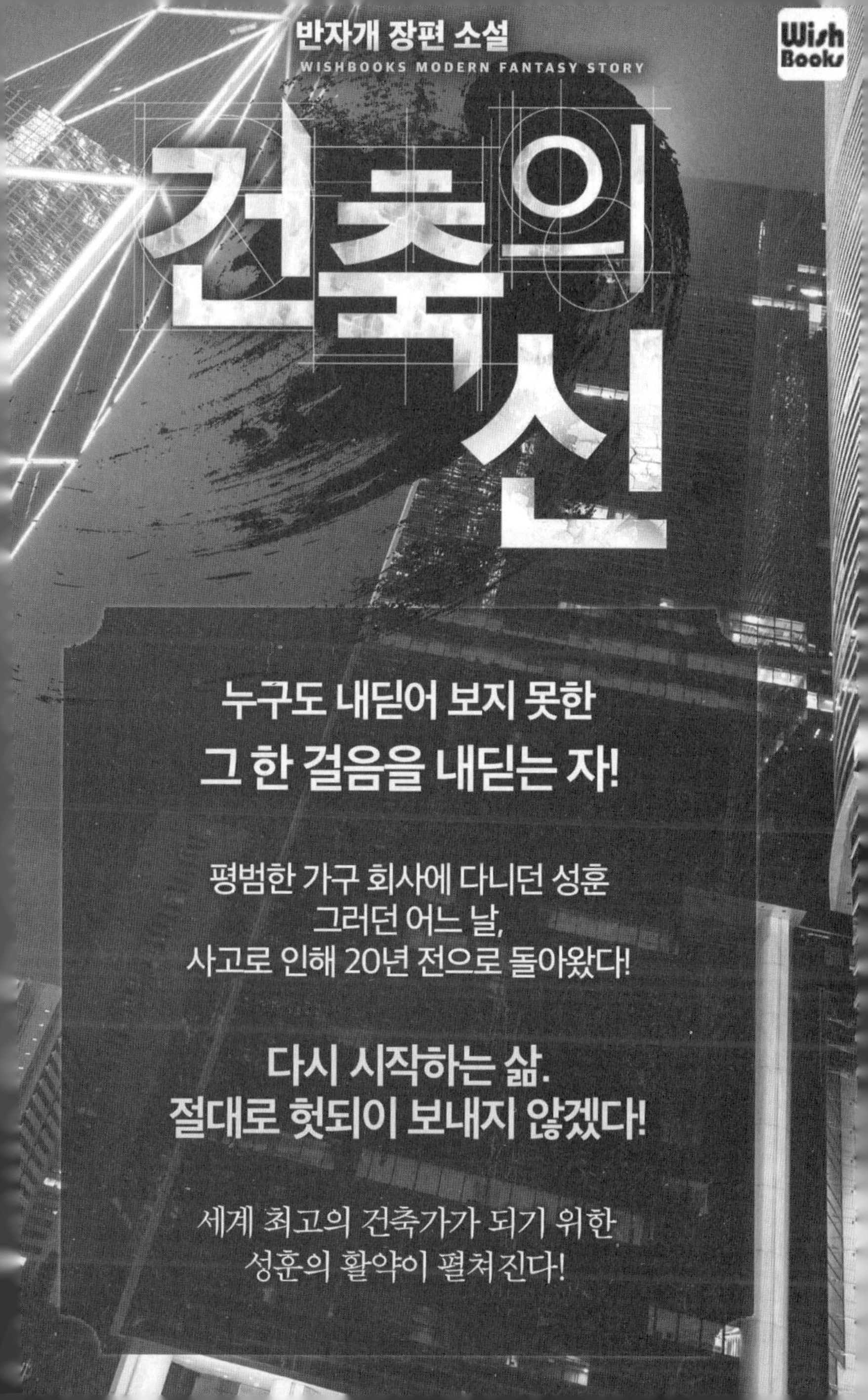
반자개 장편 소설
WISHBOOKS MODERN FANTASY STORY
Wish Books
건축의 신
누구도 내딛어 보지 못한
그 한 걸음을 내딛는 자!
평범한 가구 회사에 다니던 성훈
그러던 어느 날,
사고로 인해 20년 전으로 돌아왔다!
다시 시작하는 삶.
절대로 헛되이 보내지 않겠다!
세계 최고의 건축가가 되기 위한
성훈의 활약이 펼쳐진다!

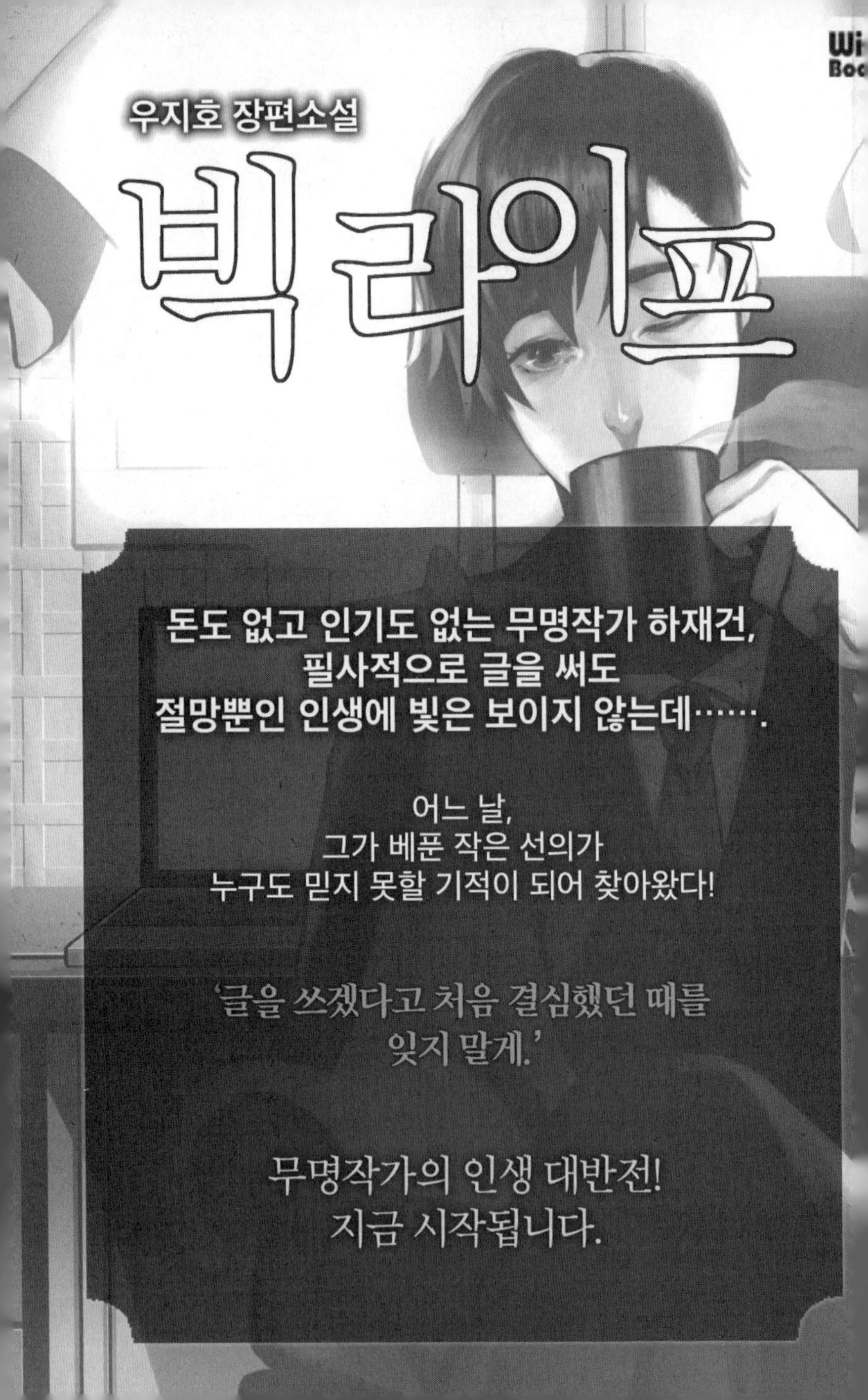
우지호 장편소설
빅라이프
돈도 없고 인기도 없는 무명작가 하재건,
필사적으로 글을 써도
절망뿐인 인생에 빛은 보이지 않는데…….
어느 날,
그가 베푼 작은 선의가
누구도 믿지 못할 기적이 되어 찾아왔다!
'글을 쓰겠다고 처음 결심했던 때를
잊지 말게.'
무명작가의 인생 대반전!
지금 시작됩니다.